*O mendigo
que sabia de cor
os adágios de
Erasmo de
Rotterdam*

O mendigo que sabia de cor os adágios de Erasmo de Rotterdam

Evandro Affonso Ferreira

2ª edição

EDITORA RECORD
RIO DE JANEIRO • SÃO PAULO
2014

CIP-BRASIL. CATALOGAÇÃO NA FONTE
SINDICATO NACIONAL DOS EDITORES DE LIVROS, RJ

F44m   Ferreira, Evandro Affonso, 1945-
2ª ed.   O mendigo que sabia de cor os adágios de Erasmo de
       Rotterdam / Evandro Affonso Ferreira. – 2ª ed. – Rio de
       Janeiro: Record, 2014.

       ISBN 978-85-01-09641-8

       1. Erasmus, Desiderius, d. 1536. 2. Romance brasileiro. I. Título.

12-0546   CDD: 869.93
                                           CDU: 821.134.3(81)-3

Copyright © by Evandro Affonso Ferreira, 2012

Capa: Marcos Dias

Texto revisado segundo o novo Acordo Ortográfico da Língua Portuguesa.

Direitos exclusivos desta edição reservados pela
EDITORA RECORD LTDA.
Rua Argentina 171 – 20921-380 – Rio de Janeiro, RJ – Tel.: 2585-2000

Impresso no Brasil

ISBN 978-85-01-09641-8

Seja um leitor preferencial Record.
Cadastre-se e receba informações sobre nossos
lançamentos e nossas promoções.

Atendimento e venda direta ao leitor:
mdireto@record.com.br ou (21) 2585-2002.

EDITORA AFILIADA

Obrigado, amiga Marcia Tiburi, pelo seu gesto de generosidade.

Para Graça e Gisele e João Rodrigo

"A loucura às vezes chega quando se é tragado pela perda; é cegueira lúcida que despedaça a alma."

Najla Assy

Não vou perdoá-la pela incompletude do ato: descuidou-se do tiro de misericórdia. Deixou-me estendido moribundo à beira da vida. Não sou zumbi por obra do acaso. Ando molambento a trouxe-mouxe pelas ruas procurando inútil o ancoradouro da nau dos insensatos. Estou a meio caminho do destrambelho in totum. Possivelmente tudo começou ato contínuo à leitura do s do adeus. Lembro-me ainda hoje — dez anos depois — daquele bilhete elíptico; não era longo feito sabre. Tinha a concisão do punhal: ACABOU-SE; ADEUS. Os deuses do desamor, implacáveis, condenaramme duplamente tirando razão deixando memória. Andarilho mnemônico — sou sim. Tudo que vejo dia todo evoca meu passado ao lado dela. Aquele pássaro ali; veja; sim: sobre a mureta da casa em frente; também ele chama-me à memória nossos voos rasantes sobre incontáveis assuntos pertinentes à inquietude da alma. Bem observado: sandália de borracha no direito; tênis no esquerdo. Achei-os num cesto de lixo. Gosto de ver meus pés assim, desequilibrados esteticamente, pisando as calçadas desta metrópole apressurada. Experimento prazer em ser primum móbile de chacotas. O ser humano é de natureza soturna — carece vez em quando da parlapatice do outro. O insólito alheio condimenta nossas vidas. Conversava horas seguidas com ela sobre os despropósitos humanos. Calçar sapatos um diferente do outro é estripulia da estética — não é desatino, não senhor. Sim: descontrole da mente veio com a chegada do desamor dela. Meu não, nunca deixei, deixarei jamais de amá-la. Tatuagem que o senhor vê aqui no braço esquerdo é a primeira letra do nome de minha amada: N. Saberia explicar jeito nenhum em poucas palavras; amor grande demais; perda dele teve a dimensão da loucura. Mas não ando pela cidade à semelhança de Diógenes: meu desatino é menos provocante. Sou apenas pária. Vivo à margem. Sim: gosto muito de ler. Veja: são os adágios de Erasmo de Rotterdam. Oitocentos ao todo. Quando morreu descobriram que já havia catalogado quatro mil e quinhentos deles. É verdade: uma vez resolvi visitar — assim molambento mesmo — três grandes editoras à procura de doações. No início causei estranheza com meu slogan improvisado: NÃO PEÇO PÃO, POSTULO PALAVRA. Hoje, tantos anos depois, virou rotina: deixam-me todo mês dois, três volumes diferentes na portaria. Sabem de minha preferência. Não tenho onde guardá-los. Depois de lidos, vendo-os nas lojas de livros usados. Este livrinho de adágios é minha bíblia. Sempre que algo me inquieta abro-o ao acaso. Assim: Mali corvi malum ovum — De mau corvo, mau ovo. Faço isso por força do hábito: sei quase todos de cor. É verdade: viveu por volta de mil quinhentos e pouco. Também sou assim: datas não ocupam lugar em minha memória. Sei que ele, Erasmo de Rotterdam, foi contemporâneo de Maquiavel e Leonardo da Vinci e Michelangelo e Rabelais e Lutero. Outra riqueza que trago comigo é este chaveiro. Presente dela. Lembro-me de detalhes: estávamos de mãos dadas numa pequena cidade turística; ela parou de súbito diante da vitrine de uma loja de souvenir, dizendo: *Chaveiro ali parece com você.* Referia-se a esta esfinge de prata que guardo até hoje. A-hã: decifra-me ou te devoro. Outras coisas de minha amada foram perdendo-se pelo caminho; menos o amor; menos esta lembrança prateada. Perdi o interesse por quase tudo na vida depois daquele adeus fatal. Desequilibrei-me de vez. Existência ficou à semelhança de pião sem fieira: inútil. Mundo também parece parou de girar. Dias tornaram-se todos eles nublados. Há dez anos vivo numa longa possivelmente eterna quarta-feira de cinzas chuvosa. Aquele casal jovem se beijando; veja; sim: no ponto de ônibus. Também eles chamam-me à memória nossas faguices e desvelos e branduras — em qualquer lugar. Nossos afagos nunca foram contidos em virtude do olhar alheio. Afeto às escâncaras. Amávamos muito. À semelhança de Abelardo e Heloísa — possivelmente. Não é bom amar em demasia: quando o outro não quer mais, a tristeza vem parelha à benquerença perdida. Às vezes endoidece. Desvario semelhante ao dos eremitas. Doidice do recolhimento in totum. Esta cidade gigantesca é meu eremitério. Os adágios são meus salmos. Canto-os todos os dias. Livro de cabeceira — se assim posso dizer, desprovido de cama. A-hã: metade quase de um tatame. Carrego-o a tiracolo. Durmo nos lugares mais variados possíveis. Procedimento estratégico. Não me junto nunca-jamais aos outros maltrapilhos. Eremita metropolitano — sou sim. Sei não senhor; nunca soube de seu paradeiro. Situação inversa possivelmente verdadeira. Veja: N. Escrevi para saber — coincidência poética — onde fica o lado norte do tatame. Lado sobre o qual recosto a cabeça. Durmo todas as noites assim: rosto roçando primeira letra do nome dela — logomarca também de minha nostalgia infinita. Choro sempre. Lágrimas se refazem com a lembrança. Outro dia transeunte perguntou-me se estava faminto. Não, moço, choro de saudade — respondi-lhe. Seguiu indiferente: fome de amor não come. Amar é bom durante; depois dói. Às vezes endoidece. Desvario sereno. Doidice do alheamento in totum. Há dez anos conservo-me afastado do mundo consagrado pela lei, pelo uso. Desamor deixou-me desconforme. Salamandra quimera hidra fênix, ou qualquer outro ser de igual jaez — sou sim. Ignoro o mundo modo geral. Ouço frases soltas aqui ali, permitindo-me montar colcha de retalhos noticiosa. Vez em quando televisor ligado numa vitrine desperta-me interesse. Quase sempre lanço âncora diante de tragédias monumentais. Sou de natureza trágica: Eurípides encanta-me mais que Aristófanes. Sim: neste segmento não manifesto variedade da maioria; somos quase todos adeptos do voyeurismo cataclísmico. É excitante ver o mundo desabando-se. Desde que seja do outro lado da calçada. Ver, em vez de ser, escombros. Sei que há dez anos sou restos de meu próprio desmoronamento. Ruínas de mim mesmo. Dulcia non meruit qui non gustavit amara — Não merece o doce quem não experimentou o amargo. Veja: guardo aqui dentro deste livrinho de adágios esta anotação que fiz de próprio punho: DE PEQUENA ESTATURA, CARNAÇÃO BRANCA, OLHOS AZUIS, OLHAR IRÔNICO, VOZ DOCE, BELA PRONÚNCIA. O FUNDO DE SEU CARÁTER ERA DE VIVO SENTIMENTO: BONDOSO DE CORAÇÃO, SUAVE, URBANIDADE DE TRATO, AMIZADE CONSTANTE. A CENSURA, QUE TALVEZ SE LHE POSSA FAZER, É TER-SE EXCEDIDO NO GRACEJO, AINDA QUE O FIZESSE COM MUITA GRAÇA. Sim: Erasmo de Rotterdam. Este pequeno texto foi publicado originalmente numa edição de 1787 do *Elogio da loucura*. Entristece-me ver minhas unhas nesta imundície. Corpo todo tempo inteiro numa sujidade inqualificável. Depois de alguns anos palmilha-se vereda batida; habitua-se. O caminho da farandolagem não oferece alternativas: estamos predestinados à fedentina perpétua. Ela, minha amada, gostava do meu cheiro pretérito. *Alecrim; você cheira a alecrim* — dizia-me, maliciosa, quando nossos corpos, nus, insinuavam carícias mútuas. Hoje sei por que pessoas feito o senhor gostam de falar comigo mantendo certa distância. Entendo. Às vezes banho-me de madrugada, às escondidas, num chafariz qualquer. Sim: estão cada vez mais rareados. Urbanismo moderno decretou o fim dos postais. Tudo foi desfigurando-se de tal jeito que sequer os alecrins têm mais cheiro de alecrim — se o senhor me permite a figura de retórica. Veja: indigente recostada na pilastra daquele outro viaduto. Sim: cabelos imundos, desgrenhados; maltrapilha. É possivelmente a mais triste das figuras desde sempre aparecidas na Terra. Tenho medo de me aproximar dela. Tristeza é tanta que já pensei em perguntar se sua dor vem da ausência de alguém. Gostaria de oferecer-me como substituto, propondo ser sua mãe ou seu irmão ou seu pai ou sua filha — ou quem quer que ela tenha perdido. Mas nunca fiz isso, não senhor: sei que gente não se substitui feito utensílio doméstico. Tristeza profunda dela atormenta-me. Mesmo dormindo em lugares diferentes a cada semana, nossos caminhos se cruzam com frequência: desventura e desvario se convergem. No silêncio da noite podemos ouvir suas plangências. A morte lhe será balsâmica. Sim: a todos nós. Veja: helicóptero; ali no alto à esquerda. Também ele chama-me à memória meu grande amor. *Quero que minhas cinzas sejam jogadas de helicóptero sobre edifícios gigantescos de gigantesca cidade qualquer* — dizia-me como um oráculo, axiomática, confiante de que morreria primeiro. Mas morrerá não senhor: é minha amada imortal. Era inclinado ao estudo, à meditação e sobretudo à pesquisa — ao fruto da experiência. Vida toda combateu as ideias supersticiosas; acreditou que só pela discussão serena podemos solucionar os problemas da crença e do conhecimento. Sim: Erasmo de Rotterdam. Veja: levantou-se. Caminha arrastando-se feito lesma. Tristeza possivelmente transformou-a num molusco. Acontece a todos nós. Vida vai aos poucos desfazendo nossa condição humana. Sinto-me pássaro de asas quebradas: não posso voar para junto de minha amada. Conversávamos horas seguidas sobre nossos metamorfismos. As metamorfoses de Ovídio — um de seus livros preferidos — sabia quase de cor. A-hã: transformou-se numa flor com miolo amarelo circundado por pétalas brancas. Tinha apenas dezesseis anos o jovem Narciso. Veja: mulher-molusco agachou-se outra vez. Agora vai ficar naquela posição, de cócoras, horas seguidas. Tem dentro de si espécie de tonel de lágrimas das danaides. Doloroso demais vê-la enrodilhada na tristeza. Apenas a morte poderá apaziguar essa alma desvalida. Quatro ou cinco anos atrás conheci mendigo que foi se apodrecendo aos poucos. Ninguém conseguia dormir a menos de dez metros distante dele. Amanheceu morto sobre banco de praça. Não virou lesma nem pássaro nem flor — mas carniça ambulante. Os deuses do destino às vezes tornam-se excessivamente extremos na maldade. Não foram tão cruéis comigo: sou apenas ave sem possibilidade de voo — que ainda canta. Canto que se afina no diapasão da saudade. Mas não tem o poder da lira de Anfião. Tudo que vejo dia todo evoca meu passado ao lado dela. Veja: borboleta. Sim: pousou agora sobre o ombro daquele menino. Minha amada sempre se inquietou com essa metamorfose biológica, incontestável. Transformação real que transcende relatos mitológicos fantasiosos. Antes lagarta e depois crisálida e depois borboleta. Sim: menino todo enferrujado. Inseto multicolorido destacou-se ainda mais sobre o pretume de seu corpo quase nu. Maltrapilho mirim. Veja: continua dormindo indiferente ao pouso da borboleta. Cidade inteira endoideceu mais do que eu deixando tanta criança abandonada apodrecendo-se pelas esquinas. Amada quando via menino de rua deitado numa calçada dizia, com sua costumeira concisão semelhante à pequena arma branca de lâmina curta e penetrante: Falimos. Não é preciso centenas delas, bastaria uma, ao relento, para autenticar a bancarrota da sociedade inteira. Ela, minha amada, e eu malogramos duplamente. Mas apenas a falência amorosa dói de verdade. Somos de sentimentos egocêntricos. A dor do outro tem para nós a duração do fogo-fátuo. Comovo-me com a tristeza da mulher-molusco quando a vejo. Depois esqueço. Amada aquela que levantou âncora deixo nunca-jamais cair da memória: está tatuada in totum em mim. Deveria ser contrário a todas as leis da natureza abandonar crianças e poetas: somos frágeis demais. Sim: vermelhos. Chorei noite toda: aniversário de abandono. Há exatamente dez anos fui abandonado por ela. ACABOU-SE; ADEUS. Bilhete conciso aquele ficou comigo um ano — até quando mendigo qualquer levou às escondidas minha carteira. ACABOU-SE; ADEUS. Palavras às vezes têm poder-projétil: chegam arrebentando-nos por dentro. Olhos redondos, azuis, duas bolas de gude enormes iluminando rosto arredondado. Vez em quando se irritava com meus repetidos sucessivos inúmeros beijos estalejantes em sua face deliciosamente macia. Suas risadas gostosas lembravam-me certas músicas à lufa-lufa de Johnny Mercer. Sim: amada que levantou âncora; estou falando dela. Amor grande demais deveria ser refratário aos abalos sísmicos dos deuses da desavença. Veja: ônibus Pullman. A-hã: na outra pista. Também ele chama-me à memória nossas viagens que foram muitas. Ela gostava de ficar na poltrona da janela olhando incansável a paisagem. Diante de minha inquietude argumentava, irônica: *Lá fora o visual muda-se a cada segundo; você não muda nunca: é natureza-morta.* Simbiose doçura-amargura na dose certa. Ríamos às gargalhadas. Dizia que temos nascimento sórdido e desagradável, educação penosa e difícil, infância posta à mercê de tudo quanto a cerca, juventude submetida a tantos estudos e trabalhos, velhice sujeita a tantas enfermidades insuportáveis e, por último, a triste e dura necessidade de perecer. A-hã: Erasmo de Rotterdam. Observador implacável. Nossa trajetória de vida é mesmo inexorável. Existem, além de tudo, acontecimentos desagradavelmente imprevisíveis. O abandono, por exemplo. O meu, o dela mulher-molusco, o dele menino-borboleta. Todos vítimas do desamor. Sete ou oito anos atrás conheci moça pertencente a farandolagem que fugiu de casa aos quinze porque se cansou de fazer sexo à força com o próprio pai. Imprevisibilidades que substanciam os dissabores naturais da existência humana. Mas ao lado dela, amada, não havia limites para a utopia. Casal-Leibniz vivendo o melhor dos mundos possíveis. Vivíamos certos de que bastaria o sopro de um para cicatrizar ato contínuo a ferida do outro. A-hã: amor inoxidável também é utopia. Observação oportuna: *Elogio da loucura* foi escrito na casa do amigo utopista Thomas More. Veja: dois maltrapilhos tomam cachaça logo cedo no gargalo de uma garrafinha bojuda. Maioria não consegue enfrentar, abstêmia, a própria miséria; vive no extremo oposto a qualquer idealização utópica. Há dez anos andando a trouxe-mouxe pela cidade vi-vivi cenas extremamente desagradáveis. Uma vez, sentado num banco de praça, testemunhei assassinato brutal: mendigo esfaqueou outro por causa de um maço de cigarros. Morte é fria, tem rosto pálido, olhos esbugalhados, e sangra. Passei noites insones por causa daquele acontecimento terrível que se conservou firme-constante durante semana inteira em minha memória. Somos todos obscuros e grotescos. Podemos esquecer-nos jamais daquela fábula de Esopo, segundo a qual Júpiter deu a todos os homens um alforje com a bolsa da frente cheia de defeitos dos outros e os próprios na bolsa de trás. Ouça: relâmpagos. Também eles chamam-me à memória minha amada. Noites relampejantes deixavam-nos numa inquietude indisfarçável. Uma vez ficamos horas seguidas debaixo da cama. Ela se metamorfoseou em São João Crisóstomo; eu, em Demóstenes — casal possuído pela eloquência. Falávamos sem parar. Às vezes ríamos, nervosos. Foi quando ela me disse, irônica:

Até meus medos você imita. Fui perdendo-a aos poucos por falta de personalidade. Não sou original nem mesmo no desatino: Van Gogh sacrificou a própria orelha; Diógenes andava pelas ruas de Atenas, em pleno dia, de lanterna em punho, à procura de um homem; eu, apenas escrevo compulsivamente a letra N, a lápis, em todos os lugares por onde passo. Olhe ali na pilastra. A-hã: imperceptível a distância. Sim: um palmo de altura, se tanto. Há dez anos faço isso. São milhares de Ns espalhados quase incógnitos pela cidade. Trago aqui comigo; veja: lápis de marceneiro. Foi professor de grego na Universidade de Cambridge. Sim: Erasmo de Rotterdam, estou falando dele. *Elogio da loucura* é sua obra de maior destaque. Livro no qual condena o que há de nebuloso-ridículo no proceder dos homens. Também sei que somente ele deus do desatino pode nos fazer cortar a própria orelha, ou escrever de maneira compulsiva, durante uma década, a primeira letra do nome da amada nos espaços disponíveis das paredes da cidade. Apenas ela a loucura consegue abrir as comportas tirando o impedimento do curso de nossas reprimidas desvairanças. Menino-borboleta, se sobreviver, será conduzido ao desvario pelas mãos da solidão. Por enquanto dorme. Possivelmente sonha que é inseto multicolorido pousando sobre ombro de garoto que brinca num playground de edifício de condomínio. Mas vai acordar em breve, o pobre-diabo. Com apenas onze anos de idade já lia Horácio e Terêncio; aos vinte, escreveu sua primeira obra — *O desprezo do mundo*. A-hã: estou falando dele, Erasmo de Rotterdam. Dizia que cada momento da vida seria triste, fastidioso, insípido, aborrecido, se não houvesse prazer, se não fosse animado pelo tempero da loucura. Veja: chovendo. Também ela, a chuva, chama-me à memória minha amada. Nas noites chuvosas, sem trovões e relâmpagos, não ficávamos debaixo, mas sobre a cama. Este som pluviométrico nos excitava. Nossos corpos, nus, juntos, um pedindo silencioso carinho ao outro, faziam-nos acreditar, ingênuos, na injustiça da não imortalidade humana. Hoje sei que a natureza é sábia providenciando infalível nosso desfazimento in totum. Sábia em desfazer. Menino-borboleta, mulher-molusco, por exemplo, não deveriam ter sido feitos. Uma vez, sentado num banco de praça, ouvi de repente barulho seco. Virei-me, vi, na esquina ao lado, corpo de homem dando três piruetas no ar: atropelamento. Tarde toda fiquei pensando nela nossa vulnerabilidade, e nos tais acontecimentos desagradavelmente imprevisíveis — além de tudo. Ambulância não chegou a tempo para vê-lo respirando pela última vez. Sim: vi-vivi cenas muito desagradáveis. Algumas comoventes. Foi bonito ver aquele saxofonista, dois anos atrás, tocando numa esquina *My funny Valentine* para senhora elegante, octogenária, cujas lágrimas escorriam numa tentativa inútil de desenhar no rosto o s de saudade — ou de solidão. Perdi aos poucos o juízo sem perder a esperança. Sempre sonho em encontrar-me com ela num canto qualquer da cidade. Às vezes deliro. Semana passada fui empurrado bruscamente por brutamontes que acompanhava moça parecida com minha amada imortal. Reconheço a precipitação tentando beijar de súbito seu rosto. Sei que criei num átimo situação insólita motivando reação de igual natureza. Veja: hematomas no braço. Mas não desisto: vou encontrá-la um dia. Possivelmente dirá: *Insólito; você é insólito.* Depois riremos. Sempre foi assim: em seguida à repreensão, risos. Eu, desajeitado para quase tudo; deslocado também. Ela, ao contrário, prática, pragmática, partícipe. Muito bonita. Lábios sensuais. Desisto; você vai aprender jamais a beijar — ela dizia-me, inconformada. Desajeitado para quase tudo — sou sim. Vida toda se entregou aos livros. A-hã: Erasmo de Rotterdam. Atualizou versão grega do Novo Testamento, traduzindo-o para o latim. Vou abrir ao acaso este livrinho de adágios; ouça: Sero molunt dorum molae — As mós dos deuses moem devagar. Não é por obra dos caprichos que sou paciente com ela deusa do reencontro — esta que, mais cedo, mais tarde, colocará minha amada outra vez no meu caminho. Às vezes acordo de madrugada, delirando, vendo o rosto dela, cujas narinas sopram suaves o lado extremo do N desenhado no tatame. Depois, desiludido, não durmo mais. Fico ouvindo a própria tosse intermitente que se sobressai diante da quietude noturna. Vez em quando, nessas noites insones, cantarolo alguma canção de Billie Holiday. Gostávamos de ouvir Billie. A-hã: cantora melancólica. A vida é melancólica. E surpreendente também. Veja: senhora elegante que saiu daquele carro bonito aproximou-se da mulher-molusco e entregou-lhe, além de cobertor, um

[21]

urso de pelúcia. Sugestão talvez daquela criança no banco de trás. São as surpreendências da vida. Amada poderá surpreender-me a qualquer momento, dizendo: *Vim resgatá-lo do desprezo*. Possivelmente ficarei de início perplexo pensando tratar-se de outro delírio. Mas, quando ela aconchegar suas mãos macias, cheirosas, em minhas mãos cheirando a abandono, possivelmente soltarei gritos descompassados, prorrompendo-me em choro. Veja: borboleta voou com o despertar repentino do menino. A-hã: magro demais. Loucura talvez não chegue a tempo: morrerá antes, precoce, naufragando-se nas drogas. Ouça: sirene de ambulância. Também ela chama-me à memória minha amada. Voluntariosa. Vivia acudindo as pessoas, inclusive em seus momentos de extremo desespero. Impediu, ocupando-se da questão por diversas formas e pontos de vistas opostos, que duas mulheres, em épocas diferentes, cortassem o fio da própria vida. Alma sempre predisposta ao préstimo. Não é preciso muito esforço para imaginá-la agora, sentada também de cócoras, conversando horas seguidas com ela mulher-molusco. Suas palavras-acalanto aquietariam, por algum tempo, a plangência intermitente da infeliz. Desconheço alguém cuja alma possua tal desprendimento in totum. Obscureceu, caminhou para a desonra meu niilismo sobre a desinteressada bondade humana. Hoje sei que fui poeta despreparado para tanta poesia. Persona-poema. A-hã: estou falando dela amada que levantou âncora. Agora sou poeta moeda inútil: sem frente e verso. Veja: vou afastar meus cabelos. Sim: calo na testa; nasceu de tanto batê-la no tatame, nas noites insones, móbil da inquietação da consciência. Batia-a repetidas vezes, implorando: *Perdão, minha amada, perdão.* Mas as respostas sempre vieram em forma de latidos — e de luzes súbitas nas janelas vizinhas. Foram muitas madrugadas de pedidos inúteis de indulgência. Aqueles gritos todos estão agora silenciados dentro deste calo — se o senhor me permite este oportuno jogo de palavras. Veja: caminhão da Prefeitura recolhendo colchões, cobertores, cadeiras, caixotes, tantas outras coisas da farandolagem que mora debaixo dos viadutos. A-hã: caminhão-pipa vem em seguida com sua ducha de pressão máxima. Expulsão provisória. Nosso destino é voltar: não há coberturas mais propícias — a todos nós — do que essas pontes urbanas de concreto armado. Os grandes procuravam cercar-se dele. Imperadores e reis, príncipes e duques, ministros e homens de letras, papas e prelados. Cinco universidades disputavam a honra de oferecer-lhe uma cadeira; três papas lhe escreveram epístolas respeitosas. Motivo: seus valores intelectuais e morais. Sim: estou falando dele, Erasmo de Rotterdam. Veja: menino-borboleta se aproxima. Sempre que me vê pede que eu fale, em latim, inscrição encontrada séculos atrás num sino de igreja. Fica encantado com o som dessa língua morta. É mais diversão que encantamento. Chegou. Sim: vou dizer mais uma vez; depois, volte pro seu canto: estou conversando com o cavalheiro aqui. Ouça: Funera plango, fulgura frango, sabbata pango; excito lentos, dissipo ventos, paco cruentos. Sempre assim: pobre-diabo sai saltitante escangalhando-se de riso. Pudesse estudar possivelmente seria qualquer coisa na vida — além de ferrugem. Agora vai se aproximar daqueles dois maltrapilhos alcoólatras. Fará qualquer deboche, e, como sempre, tentarão, inútil, acertar-lhes pontapés. A história se repete. Respeita, sempre respeitou a mulher-molusco. Dizem que ela acordou certa manhã com buquê de flores perfumando suas narinas. Ele havia roubado para ela. São as surpreendências da vida. A-hã: tosse muito; viverá pouco. Nesses dez anos soube de centenas deles que sequer chegaram à metade da adolescência. Veja: carro de polícia. Também ele chama-me à memória minha amada. Foi num fim de tarde. Atravessávamos uma praça quando vimos dois policiais espancando, a cassetete, rapaz de dezenove, vinte anos, se tanto. Fiquei sem ação. Ela, ao contrário, agiu: aproximou-se lançando mão de todos os argumentos favoráveis aos direitos intransferíveis do cidadão. Ficaram perplexos. Tentaram, sem sucesso, contra-argumentar. Ela finalmente convenceu-os, enfática: *Tortura; isto é tortura; parem, ou vou processá-los.* Levaram o rapaz algemado. Fomos embora sabendo da transitoriedade do armistício. Mas ela amada fez sua parte. Não veio ao mundo para ver a vida, a distância, sobre cadeira de balanço. Mulher magistral. Meu desatino não é obra do acaso. Perdendo-a perdi ato contínuo a bússola o leme o prumo. Perdi a outra metade da esfera de que falou Platão. Vítima fatal da incompletude — sou sim. Com o tempo, fui ensinando meu olhar a catalogar semblantes. Sou periscópio andarilho. Dia todo procurando rosto dela no rosto das outras pessoas. Visão octogonal — tenho sim. Mas ela ainda não se enquadrou em nenhum deles oito ângulos deste intuito óptico. Sei sinto pressinto que logo estará em meu horizonte; vai se oferecer de súbito à minha contemplação; irá se apresentar condescendente aos meus olhos. Esqueço nunca-jamais que as mós dos deuses moem devagar. Ele dizia: Quando tenho um pouco de dinheiro, compro-me livros. Se sobrar algo, compro-me roupa e comida. A-hã: Erasmo de Rotterdam. Veja: menino-borboleta recostou cabeça sobre colo da mulher-molusco. Pudesse pintá-los, obra se chamaria O CONCHEGO DOS DESVALIDOS. Comovente vê-los dividindo o abandono; fazendo partilha mútua do desprezo. Quando isso acontece, lágrimas dela vão esquecendo-se aos poucos de escorrer. Plangência possivelmente se recolhe num canto qualquer do subsolo da alma. São as surpreendências da vida. Amada poderá surpreender-me numa madrugada qualquer, feito um deus ex machina, entregando-me pequeno volume prateado do *Ascese*, de Kazantzakis, clamando leitura em voz alta. Muitas vezes, cansada, deitava no sofá pedindo que eu lesse trechos desse poeta ateu procurando Deus. Ela poderá madrugar; eu poderei ler tão alto que acordarei todos os moradores das torres sineiras da cidade; solidários, tocarão insistentes seus sinos despertando o ser absoluto que por acaso dorme em cada um de nós. Veja: ela está à procura de piolhos no cabelo dele. Miseráveis. A-hã: somos todos miseráveis — cada um à sua maneira. Mas os deuses dos dissabores lhe reservaram veneno amargo demais. Dorme de novo, o pobre-diabo. Possivelmente sonha que está no início do terceiro mês da vida intrauterina, e, milagrosamente, faz esta súplica desesperada chegar aos ouvidos da mãe: *Socorro! Não me tire daqui*. Ela, mulher-molusco, por sua vez, possivelmente imagina acariciar o filho que perdeu; ou o que nunca teve. Veja: às vezes deixa escapar sorriso minúsculo num canto qualquer da boca. Mas o olhar não sofre influência dos acanhados movimentos labiais: continua profundamente triste. Mendigo nenhum conseguiu ainda arrancar-lhe fotograma sequer de seu passado. O corpo é o próprio túmulo, cujos acontecimentos pretéritos jazem invioláveis. Nunca me aproximei dela. Sua tristeza excessiva amedronta-me. Ao contrário de minha amada, sempre fui frágil diante do desespero alheio. Meu também. Mesmo antes de entregar-me a farandolagem, já era pária. Vida toda vivi à margem; no limbo da existência. Ela, amada, trouxe-me a lume por algum tempo. Agora sou isto que o senhor vê: andarilho a trouxe-mouxe cujo capital resume-se num tatame, num adagiário. Ouça: Homo totiens moritur, quatiens amittit suos — o homem morre tantas vezes quantas vezes perde os seus. Veja: ela aconchegou o urso de pelúcia entre os braços do menino-borboleta Justo seria se esse momento se congelasse agora para ambos — assim, sereno, numa placidez inabalável. Inútil tentar interferir no roteiro preestabelecido das Moiras. Os dois maltrapilhos acoólatras ali talvez nem morram de cirrose. Elas, deusas do destino, são imprevisíveis. Mas não é preciso ter um terço dos dotes premonitórios de Tirésias para prever o desfecho desastroso dos quatro desvalidos do outro lado. Eu ainda trago a segunda das três virtudes teologais. A-hã: concebo-me esperanças. O primum móbile dela minha existência é encontrar a amada — possivelmente vivificadora de minha razão. Encontrando-a poderei encontrar-me outra vez. Às vezes sonho com ela e eu, um estendendo a mão para o outro — à semelhança de um afresco de Michelangelo. Venha! Vou tirá-lo desse caminho, cuja única alternativa é o caminhar a esmo — ela diz. Sonho recorrente. Ouça: os dois maltrapilhos alcoólatras cantam a mesma canção com letras diferentes. Dueto desencontrado. Veja o rosto daquele de aparência mais velha. Sim: excessivamente intumescido. Possivelmente sofrerá a qualquer momento explosão etílica. Ambos explodirão — mais cedo, mais tarde — de tanto beber. Tornei-me indigente por causa de uma frase elíptica: ACABOU-SE; ADEUS. Às vezes fico com vontade de perguntar a todos eles motivo pelo qual foram jogados na farandolagem. Arredio, mantenho-me a distância. Converso, algumas vezes, com ele menino-borboleta. Disse-me outro dia que não sabe por que vive na rua. A-hã: maltrapilho mirim amnésico. Crack possivelmente destruiu também sua memória. Agora dorme no colo dela mãe-molusco — por assim dizer. Veja: rapaz de jaleco branco. A-hã: médico residente talvez. Também ele chama-me à memória minha amada. Foi quando me levou às pressas para o pronto-socorro — por causa de um ameaço de infarto. No meio do caminho, embora sonolento, consegui ouvi-la implorando, baixinho: *Ó meu bom Deus, não desligue de uma só vez todas as luzes do meu mundo.* Não ando a trouxe-mouxe pelas ruas da cidade, numa desvairança sucessiva por obra do acaso. Perdendo-a perdi ato contínuo o juízo a prudência o bom-senso. Desorientei-me de vez. Os maltrapilhos alcoólatras entregaram-se à bebida; entreguei-me ao grafite: entro em êxtase quando sinto o cheiro dele saindo deste objeto de madeira para fixar-se em forma de N, nos espaços vazios dos muros desta metrópole apressurada. Meu ópio grafítico. Para que a letra fique daquele jeito, robusta, substanciosa, dedico-lhe bom tempo. Uma vez, menino-borboleta perguntou-me por que N e não R ou L ou F. Respondi-lhe, dissimulado: N lembra-me o Nada; a coisa alguma a que cheguei perdendo minha amada. Estranho algum — nem mesmo o senhor — saberá nunca-jamais sobre o verdadeiro significado desta letra. A-hã: há dez anos vivo num mundo de estranhos; perdi contato com amigos e parentes. Vim de outra cidade — estado distante. Isolamento proposital. Mas ela, eu sei, irá surpreender-me a qualquer momento. Possivelmente baterá nas minhas costas quando estiver dando o último retoque de mais uma inicial do nome dela. Dirá: *Insólito; você é insólito.* Dependendo de sua disposição, poderá ainda complementar, irônica: *Pelo jeito, não fiz por merecer as outras quatro letras.* Depois riremos — como sempre.

Não falará comigo, mas com ela mesma: *Ele não vai recuperar nunca mais aquele cheiro de alecrim*. Seus olhos azuis, enormes, deitarão lágrimas. Veja: ela empurra bruscamente o menino-borboleta. Sempre assim: num momento de excitação incontrolável, morde sobre o vestido o sexo dela. Para ele, gesto natural; para ela, um quase incesto. Possivelmente esse instante que antecede a já costumeira mordida seja o único, embora fugaz, momento de êxtase em seu miserável-eterno jejum feminino. Há um jogo velado nisso tudo. Erasmo de Rotterdam usaria quem sabe a expressão nolens volens. A-hã: há um não querendo (e) querendo solto no ar. Sentimento ainda mais intrincado quando perdido nos labirintos da miserabilidade in totum Agora um olha para o outro a distância. Pacto velado. Ele finge ser filho; ela, mãe — para que tal gesto aparentemente incestuoso tenha mais prazer. Édipo e Jocasta inconclusos — evitando que o menino-borboleta fure os próprios olhos e abandone sua Tebas. Soube por ele mesmo que esse embate entre aspas erótico nunca ultrapassa os limites da mordidura. Mesmo nas mais profundas misérias, nas profundezas abissais, ainda há a possibilidade do exercício do fantasioso. Ela agora ameaça sorriso acanhado no canto da boca; ele mostra toda a língua à semelhança de Einstein. São as surpreendências da vida. O Inferno é o único lugar onde há liberdade — ela amada disse-me uma vez. Dizem que foi o mentor intelectual da Reforma protestante. Estudiosos garantem que ele botou o ovo e Lutero chocou. A-hã: estou falando dele, Erasmo de Rotterdam. Mas manteve sua absoluta independência pessoal. A Igreja lhe parecia podre naquele momento — exigindo profundas modificações; os reformadores comandados por Lutero eram, a seu ver, bárbaros fanáticos. Veja: rapaz do outro lado vendendo navios em miniatura. Também ele chama-me à memória minha amada. Sonho dela era conhecer por dentro um transatlântico. Dizia-me, sorrindo: *Quero subir na popa de um deles, abrir os braços, gritando: Amo você, o mais insólito dos insólitos da terra do céu do mar.* Depois ríamos — como sempre. Não fui vítima da desvairança por obra do acaso: fomos um a fieira do pião do outro; ausentes, virávamos brinquedos inúteis, sem giro, jogados inertes num canto qualquer da gaveta. Às vezes choro noite toda; às vezes cantarolo Billie. Há dez anos procuro-a também em vão, feito ele Diógenes procurava, de lanterna acesa, em plena luz do dia, um único homem nas ruas de Atenas. Mas continuarei procurando: minha esperança é maior que o ceticismo do filósofo ateniense. Ainda vou encontrá-la. Estará quem sabe parada, abstraída, ouvindo saxofonista qualquer numa das esquinas desta cidade apressurada. Possivelmente chegarei de súbito cantarolando num de seus ouvidos música do repertório de Billie Holiday. Ela possivelmente interromperá, impassível: *Você continua, como sempre, tirando o encanto do encantador Cole Porter.* Depois riremos, às gargalhadas — como sempre. Veja: chegou mais um maltrapilho alcoólatra; agora formam um trio desarmônico; dançam de mãos dadas. A-hã: ciranda dos desvalidos.

Abyssus abyssum invocat — O abismo chama o abismo. Álcool possivelmente fazendo as vezes das flores e frutos do País dos Lotófagos — de que nos falou Homero. Esquecer para não endoidecer. Não consigo perdê-la da memória. Sim: estou falando de minha amada aquela que levantou âncora. Tudo que vejo lembra-me ela. Fecho os olhos, contemplo sua silhueta delgada alongada que suspenderia a respiração de Modigliani. Nem todo o Letes nem todos os lótus me fariam esquecê-la. Possivelmente estava dormindo quando os deuses da reminiscência viraram-me do avesso tatuando milhares de Ns minúsculos em todo o verso de meu corpo. Veja: mulher-molusco joga num átimo urso de pelúcia dentro do triturador do caminhão de lixo. Os três maltrapilhos alcoólatras aplaudem sua pontaria certeira; menino-borboleta olha desdenhoso. Entendo atitude dela: farândola de vencidos da vida não se apegam às miudezas lúdicas da vida. Somos seres-caramujo: carregamos apenas nossa própria casa em forma de cobertor, ou qualquer outro tipo de manta. Vivemos de benemerências improvisadas. Mas do tatame não abro mão. É meu amuleto: carrego-o há mais de três anos. Durmo sempre mergulhando o olhar neste N — ilusória cantiga de ninar. Letra-Morfeu que me acalenta me sossega me consola. Muitas vezes acaricio-a imaginando deslizar os dedos nas partes deliciosamente montanhosas dela — amada. N também de néctar. Sim: é possível que esta letra lance de dentro de si vapores do perfume deste amor salvo do esquecimento. São as surpreendências da vida. A-hã: carece de outra mão de tinta. Sim: o tempo e o roçar amiúde dos dedos vão desgastando-a. Vez em quando passo num prédio em construção, surpreendo o mestre de obras, dizendo: *Minha amada sumiu; agora some também aos poucos a primeira letra do nome dela; ajude-me.* Geralmente riem; às vezes são condescendentes. Todos já amamos alguém algum dia. Mesmo às escondidas, feito quem, por exemplo, concebeu predileção por Diadorim. Veja: pombo acaba de ser esmagado de súbito no asfalto pelo pneu de um carro. Assim são nossas vidas: Fiat lux às avessas. Não gosto de ver sangue; nunca gostei; sou fraco, frágil. Eu e a mulher-molusco e o menino-borboleta não deveríamos ter sido feitos. Erasmo de Rotterdam, sim. Seres deste naipe deveriam — ao contrário — ser refeitos a cada século. Dizem que não sentiu ódio senão por uma única coisa no mundo, e porque essa coisa lhe parecia negação da razão: o fanatismo. Condenava o que há de obscuro e grotesco no proceder dos homens. A-hã: nossa substanciosa camada apoédia — figura alegórica aquela da ignorância e da grosseria. Os três maltrapilhos alcoólatras agora acertaram ritmo e letra; ouviu? Sim: *Tire o teu sorriso do caminho que eu quero passar com a minha dor.* Miseráveis. Possivelmente sou o mais miserável de todos: ainda tenho esperança. A-hã, entendi: a esperança é o elixir dos tolos. Amada poderá estar levando agora o filho, ou a filha, de oito anos, talvez, para a escola; marido possivelmente leva-os num veículo qualquer. Possivelmente são felizes. Sim: possivelmente sequer se lembra mais de como é o cheiro do alecrim. Mas não posso acreditar nisso: poderei terminar (de propósito) feito aquela coisa ali que minutos atrás ainda era pombo. Aequam memento rebus in arduis servare mentem — Lembra-te de conservar o ânimo tranquilo nas situações difíceis. Eu, sim, perdi da memória o cheiro do alecrim. Sou este ser fedentinoso caminhando dia todo a trouxe-mouxe pelas ruas desta cidade apressurada. Sim: deveriam desinventar a noite para quem vive na farandolagem. No anoitecer a sensação de abandono é ainda maior. O frio também. O medo também. A-hã: os deuses dos desvalidos deveriam desinventar para nós esse espaço em que o Sol está abaixo do horizonte. Noites quase sempre sem teto nem paredes; noites desnudas. Quando vai entardecendo sou sufocado pelo bafo de Saturno — hálito no qual a melancolia se define na influência do corpo sobre a alma. Chegando de tardinha medo começa a ultrapassar os limites estabelecidos pelos padrões internacionais da compostura. Momento em que minhas mãos se afagam disfarçando suas próprias tremuras. Veja: mulher-molusco entrou numa caixa. A-hã: metade do corpo fica de fora. Cada um improvisa à sua maneira. Qualquer hora lanço mão deste lápis para escrever sobre sua casa improvisada: CUIDADO! PRODUTO PERECÍVEL. Sim: maioria passa sem abrangê-la com a vista; dispensam talvez considerações sobre os respectivos problemas — possivelmente maiores para eles que aquele receptáculo de papelão e seu conteúdo. Menino-borboleta disse-me outro dia que a viu sorrir de verdade uma

[33]

única vez; foi quando ele contou que sua avó — aos noventa anos — vivia dizendo que não queria morrer porque tinha muito escorpião no cemitério da cidadezinha dela. São as surpreendências da vida. Veja: carro funerário. Também ele chama-me à memória minha amada — voluntariosa desde a juventude. Deveria ter na época quinze anos, se tanto. Cuidou da tia, aidética, durante seus dois últimos meses de vida. Quase sempre de mãos dadas, sentiu, também, na própria pele definhamento progressivo da vítima desse vírus devastador. Ao contrário da avó do menino-borboleta, tia dizia repetidas sucessivas inúmeras vezes: *Só a morte alivia.* Súplica que também serviria de proveito a mim e aos três maltrapilhos alcoólatras e à mulher-molusco e ao menino-borboleta. Só a morte alivia. Fui precipitado incluindo-me nesta lista: meu alívio virá com a chegada de minha amada. Não posso prescindir do aparecimento dela; do meu desaparecimento, sim. Não acredito na possibilidade do adeus para sempre. Se acontecer, depois de morto minha alma zepelim possivelmente ficará pairando, persecutória, sobre esta metrópole apressurada. Sobrevoo da sobrevivência da obstinação. Mas sei sinto pressinto que vou encontrá-la. Poderá ser amanhã à noite na porta da cinemateca — a quatro quadras daqui. Sim: Semana Mizoguchi. A-hã: também gosto especialmente dele *A vida de uma cortesã.* Amada sempre admirou esse cineasta feminista. Ficarei todas as noites esperando-a na calçada do outro lado. Poderá ser amanhã; ou depois de amanhã; ou no último dia da mostra desse magistral diretor japonês. Vou encontrá-la. Poderá ser mês que vem — no momento em que ela estiver saindo de hospital qualquer. Poderá ser ano que vem — quando eu estiver mais uma vez, diante de uma vitrine, vendo por intermédio televisivo outra tragédia gigantesca. Colocava acima de tudo a independência intelectual, a liberdade de espírito e o culto do homem em todas as formas. Estou falando dele, Erasmo de Rotterdam. Dizem que tinha a convicção que seria possível pôr termo aos conflitos que dividem os homens e os povos, sem violência, por concessões mútuas. Veja: um dos três maltrapilhos alcoólatras caiu de bruços. A-hã: testa toda ensanguentada. Miseráveis. Vão se afastando aos poucos do gênero humano. Metade qualquer coisa; outro tanto quase nada. Seres fantasmáticos. Não gosto de vê-los por muito tempo: vejo a mim mesmo. Diferença é que sou maltrapilho abstêmio, e meus cortes acontecem amiúde internamente; cicatrizam nunca. Sim: um tirou a própria camiseta para tentar estancar o sangue do outro. Ambos cambaleiam entre os extremos do pano agora se destacando pela vermelhidão. Solidariedade patética. Menino-borboleta puxa-o pelo braço. A-hã: possivelmente tentando levá-lo ao pronto-socorro que fica na rua de trás — a três quadras daqui. Vendo esses gestos solidários lembro-me ato contínuo da equação aritmética segundo a qual menos e menos dá mais. Ouviu o grito? A-hã: mulher-molusco — lançando mão da praticidade implacável feminina — tomou de um deles a garrafa virando ato contínuo o gargalo sobre a testa do pobre-diabo.

Sim: antisséptico inebriante. Agora, transforma folha de jornal surrado em mata-borrão absorvendo o pouco sangue restante. Enfermeira agindo de improviso no front. Resumo da ópera-bufa: os três soldados alcoólatras ficaram sem munição. Depois de algum tempo de sono conseguirão moeda qualquer para mais uma garrafinha bojuda íntegra de artilharia pesada. Círculo vicioso até o desfecho da última dose que possivelmente não vai demorar muito — em especial para ele aquele de rosto excessivamente intumescido. Morte. Também ela chama-me à memória minha amada. Trabalhou ainda jovem num hospício; casarão antigo; pátio gigantesco em cujo fundo existia galpão abandonado há muitos anos. Funcionário entrou curioso, deparando-se, estupidificado, com caveira humana sentada-recostada no canto da parede. Louco (quem sabe?) debilitado fisicamente acomodou-se naquela posição para nunca mais sair. São as surpreendências da vida. Possivelmente será também meu destino: a loucura e a solidão e a morte. Mas não posso acreditar nisso: amada está logo ali — na rua de trás talvez. Assim que chegar, mostro ato contínuo este N aqui no tatame. Possivelmente dirá: *Além de insólito, preguiçoso: escreveu sequer as outras quatro letras.* Depois riremos — como sempre. Ouça: trote de cavalo batendo cascos no asfalto. Sei sinto pressinto que ela alugou charrete para repetir aquele nosso primeiro passeio de lua de mel. Sim: alarme falso. A-hã: carroça de frutas. Não vou desistir. Minha amada virá. Poderá surpreender-me na porta de uma das três editoras nas quais retiro livros mensalmente. Há dois meses não apareço: preguiça. Acho que vou ler livro nenhum nunca mais. Estou sendo radical: ainda lerei outras vezes para ela, em voz alta, o *Sanatório* — dele Bruno Schulz. Já pensei em desistir de tudo — inclusive da própria vida. Mas meu caminho é sinalizado por Ns — logomarca da esperança. De uns tempos para cá, escrevo esta primeira letra do nome dela apenas nos postes. Andantes mais observadores possivelmente acreditam tratar-se de outro artifício publicitário; teaser preparando consumidor para a chegada de produto novo no mercado. Sim: N de Nascituro — o elixir do bom presságio. Veja: os três maltrapilhos alcoólatras dormem um amontoado no outro. Entulho humano. Menino-borboleta já está na feira da rua de cima. Generoso, trará, como sempre, frutas machucadas para todos. Similis simili gaudet — O semelhante regozija-se com o semelhante. Sei que já pensei em desistir de tudo. Esta sucessão de dias idênticos enlouquece-me ainda mais. Sim: é desesperador; acontece nada. Maltrapilhos alcoólatras ainda têm a perspectiva do delirium tremens. Sou vítima da esperança obsessiva. Seu distanciamento amplia meu desvario. Doidice lenta gradual que se arrasta embalada pela trilha sonora cujo refrão é ela virá eu sei. Loucura branda que apenas impede a chegada do abstraimento. Esperança doentia fixada na décima terceira letra do alfabeto. É possível que os deuses da reminiscência tatuaram também minha alma com Ns minúsculos. Dizem que criticava igualmente a pretensão dos protestantes e a arrogância dos católicos. Acreditava no espiritualismo cristão, no espírito tolerante e no amor ao conhecimento. Sim: estou falando dele, Erasmo de Rotterdam — o príncipe dos humanistas. Veja: duas maltrapilhas sentam-se próximas à caixa da mulher-molusco. A-hã: FARANDOLAGEM FAZ PARTE DA PAISAGEM. Sim: este deveria ser o slogan desta metrópole apressurada. Meses atrás, caminhando a trouxe-mouxe numa calçada paralela a viaduto gigantesco, contei, num trajeto de quinze quadras, noventa e três mendigos — excluindo-me, naturalmente. Cidade-farândola. Mas gosto dela. Este badalejar dos sinos e este trilar dos apitos e este fonfonar dos veículos e esta lufa-lufa das gentes arrefecem meu abandono. Às vezes sento-me no banco de igreja para ficar olhando com mais atenção sua nave; sempre sinto-me empolgado pela inveja pensando nele Ser Supremo que, consoante Santo Anselmo, faz algo melhor que existir. Semana passada padre aproximou-se perguntando se eu queria confessar-me — pedir perdão a Deus. Agradeci dizendo que gostaria de penitenciar-me diante dela amada. Pobre pároco não conseguiu disfarçar sua perplexidez, dirigindo-se ato contínuo a outro possível penitente. A-hã: esse representante do Altíssimo, sim, deveria caminhar pela cidade, de farandolagem em farandolagem, pedindo perdão em nome dele seu Superior Supremo. Com raríssimas exceções, entre as quais me incluo, Deus relega ao plano das coisas inúteis quase toda a maioria dos maltrapilhos. Minha mendicância é voluntária: perdendo a amada perdi incontinenti o interesse por tudo-todos. Tornei-me navegante que joga de moto próprio sua bússola no fundo do mar. Andarilho a trouxe-mouxe — sou sim. A-hã: mendigo-nômade apartado dos farândolas. Veja: mulher-molusco afugentou aos gritos as outras duas maltrapilhas. Quer ficar sozinha com sua tristeza. Entendo: eu e minha saudade também somos nossa própria farandolagem. Já houve dias, muitos, centenas deles, em que pronunciei apenas três, quatro frases, se tanto. Estou surpreso com esta minha súbita prolixidade. Reconheço que meu interlocutor é jeitoso no ofício de puxar com destreza o fio da meada. A-hã: está na essência de quem lida todo dia com a palavra escrita. Veja: senhora filantrópica traz quase todas as manhãs café com pão para os mendigos desta área decadente do centro de nossa metrópole apressurada. Também ela mulher esmoler chama-me à memória minha amada — quando dizia: Sem amor na alma a vida resseca. Preciso encontrá-la antes que meu desvario leve de vencidos os diques da irreversibilidade; antes que o juízo turve de vez, levando-me a inutilizar com traços em cruz todos os Ns espalhados pelos muros e postes — substituindo-os por MM de mulher-molusco; ou D de Dulcineia; ou A de Ariadne. Amada não poderá demorar muito para manifestar-se com esplendor. Sinto que há momentos em que perco da memória, não consigo acudir à mente seus seios, que, pudessem ser vistos pelo mestre de Platão, enriqueceriam ainda mais sua encantadora apologia ao Belo. Há momentos em que não consigo acudir à memória seu rosto róseo, arredondado, macio. Quando roubaram minha carteira levaram — além do bilhete elíptico de adeus — fotografia dela com lírio no cabelo à semelhança de Billie Holiday. Preciso encontrá-la antes que a loucura in totum chegue em forma de neblina mnemônica — impedindo-me de vê-la mediante a lembrança. Veja: menino-borboleta colocou duas caixas atafulhadas de frutas machucadas ao lado da mulher-molusco. Sempre assim nos dias de feira: cena assemelha-se àquela em que velhota qualquer esparrama migalhas de pão no centro da praça. A-hã: pombos surgem de súbito de todos os cantos. Rotina semanal: maltrapilhos da redondeza vão chegando aos poucos pegando cada um apenas uma fruta. Caso contrário, menino-borboleta, num gesto mágico, por assim dizer, volta à condição de crisálida, que, milagrosamente, se transforma ato contínuo em escorpião. É respeitado: líder congênito. Inverte provérbio segundo o qual A bove maiore discat arare minor — O boi mais novo aprende a arar com o mais velho. Sim: cachorro esquálido que late ad nauseam é companheiro inseparável dele maltrapilho alcoólatra, cujo rosto intumescido promete breve orfandade ao seu melhor amigo. Até os cães são divididos em linhagens: aquele é sem raça determinada; mendigo da família dos canídeos. Fiel até a morte. Deitou-se ao lado do dono. Fui injusto distinguindo precipitado quem é propriedade de quem. Mulher-molusco come outra fruta; pode: é protegida do influente infante. Veja: levantaram as portas da lanchonete da esquina. Também ela chama-me à memória minha amada. Período curto, dois anos se tanto, em que morávamos juntos, especializamos no delicioso ofício de um inventar sanduíche para o outro. Fomos quase sempre mutuamente contidos nas críticas. Mas foi impossível para ela conter o desagrado fisionômico quando, extravagante, condimentei filé de fígado frito com mel e pimenta-do-reino e canela em pó e açúcar orgânico e noz-moscada e leite condensado. Sinto sensação de alívio lembrando que Ícaro foi pouco mais desastroso em sua tentativa. Modo geral nossa criatividade gastronômica untava as mãos para o aplauso recíproco. Era tão admirado que certo impressor, informado de que ele se encontrava numa cidade mais ou menos próxima, caminhou noite toda para, desgostoso, chegar com hora e meia de atraso. Sim: estou falando de Erasmo de Rotterdam. Contam também que, entre todas as pessoas cultas da Europa, apenas uma não ansiava por tê-lo como hóspede: a mulher de Thomas More, que não apreciava a presença daquele que vivia gracejando com o marido numa língua que ela desconhecia — o latim. Veja: cada um alimenta-se de fruta diferente, mas todos com igual prazer. Sócrates considerava toda bebida agradável porque bebia somente quando sentia sede. Sim: menino-borboleta atirou pedaço de osso para cachorro esquálido — aquele do maltrapilho de rosto intumescido. A-hã: o mesmo mestre de Platão contava que, quando os animais eram capazes de falar, um carneiro disse ao seu dono: *Estranho que tudo que nos dá é o que podemos retirar da terra, ao passo que nós lhe fornecemos lã, cordeiros e quei-*

jo. E, no entanto, o senhor divide seu próprio alimento com seu cão, que não lhe fornece nenhuma dessas coisas. O cão ouviu tais observações e interferiu: *Não é para menos que ele o faz. Não sou eu que impeço que sejam roubados por ladrões e arrastados por lobos? Se não fosse por minha proteção, não poderiam sequer se alimentar em paz, de medo de serem mortos.* Menino-borboleta disse-me ter conhecido mendigo que morreu de tristeza mês e pouco depois que seu cachorro havia sido atropelado. Contou-me também que o pobre-diabo ficava dia quase todo recostado num tronco de árvore, absorto, olhando para lugar nenhum — muitas vezes com os olhos vertendo-se em lágrimas. Entendo: vira-lata qualquer é mais substancioso em solidariedade que maioria de nosotros humanos de linhagens variadas. A-hã: metrópole apressurada não tem tempo para acudir aos desvalidos. Veja: maltrapilho possivelmente novato segurando pequena mala de couro. Ainda vai descobrir que seus pertences são todos descartáveis — sobretudo ele mesmo. Aos poucos vamos desapegando-nos a tudo-todos. Menos aqueles poucos mendigos consonantes à fidelidade canina. Nada mais importa. Espera-se compassivo a morte. Para os três maltrapilhos alcoólatras, por exemplo, o espaço público é UTI a céu aberto. Sim: a esperança é meu abrigo. Amada virá; sei sinto pressinto; talvez chegue a tempo para ver os Ns ainda intactos em centenas de postes — antes que o tempo o vento a tempestade os apaguem de vez; virá quem sabe antes mesmo da próxima chuva. O senhor tem razão: a esperança é meu abrigo — em forma de marquise de concreto armado. Amada virá para tirar a fedentina deste meu corpo — trazendo de volta aquele cheiro primevo de alecrim. Virá; sei sinto pressinto. Ouça: é a voz dela cantando *My funny Valentine*. Pelo olhar de espanto o senhor não ouviu. Entendo: só ouvimos o que queremos. Não fico um dia sem ouvi-la dizendo-me cinco ou seis ou dez vezes: *Oi, meu amado, voltei*. Mas quando viro, vejo que é outra pessoa falando outra coisa com acompanhante qualquer. É possivelmente a esperança sintonizando vez em quando a rádio N. *Oi, meu amado, voltei*. O desvario tem dessas supreendências reiterativas. *Oi, meu amado, voltei*; refrão-combustível-diário dela minha desvairança branda e lenta e gradual. Dizia que a beleza murcha como as rosas, e que os amigos passam como as andorinhas, e que a vida é incerta e que a morte nivela tudo. Sim: Erasmo de Rotterdam — educador dos educadores. Dizem que, durante uma visita à Bélgica, livrou alguém das malhas da Inquisição, argumentando, junto a amigo influente, que o inquisidor era mais digno da fogueira do que a vítima. Veja: um dos três maltrapilhos alcoólatras levanta-se cambaleante. Menino-borboleta entrega-lhe manga machucada. Sim: parece que a falta de dentes dificulta a mordedura. Miserável. A-hã: mulher-molusco encarrega-se, espontânea, de tirar com as unhas imundas toda a casca para facilitar a deglutição dele — o mais desprotegido dessa farândola. Agora, rindo riso lambuzado, mostra boca oca igual túnel miniaturizado. Miserável. Sou possivelmente o mais despossuído de todos: alimento-me da fugacidade desse éter destampado a que chamamos esperança. Há dez anos deliro vendo sua face, ouvindo sua voz. Sim: estou falando de minha amada aquela que levantou âncora. Às vezes fico horas seguidas deitado de costas, olhos fixos no céu, contemplando o rosto dela em forma de nuvem. Ilusão óptica semelhante àquelas miragens primum móbile da excessiva sede em pleno deserto. Voz dela vem vez em quando misturada às vozes dos passantes. Desvairamento. Digo-repito é doidice branda que se arrasta numa lentidão lesmática. Desvario represado pelo desejo de reaver o amor de minha amada. É loucura de cócoras, ainda quieta, apenas murmurando num canto qualquer do subsolo da mente. Sei sinto pressinto que poderá levantar-se aos gritos a qualquer instante; poderá embaralhar in totum minha capacidade de discernir, impedindo-me de saber por que ando tempo todo com livrinho de adágios de autor não identificável do século XVI — além de desconhecer motivo pelo qual carrego tatame a tiracolo com enigmática letra N num dos extremos. Mas amada virá antes que a lucidez bata sua sensata plumagem; antes que o desvario desoriente de vez meu caminhar. Veja: maltrapilho novato retira gaita de boca da pequena mala de couro. Sim: agora toca sentado-recostado na pilastra com as pernas estiradas — uma sobre a outra — semelhante àqueles caubóis dos filmes de John Ford. Não ficará muito tempo nas ruas: caso típico de abandono fogo-fátuo; briga familiar efêmera talvez. Depois de três ou quatro ou cinco dias, se tanto, volta pedindo perdão. Por enquanto, desgarra-se da trilha comum, enriquecendo sem direito à escolha sua própria biografia: resto da vida contará que dormiu ao relento semana quase toda; que fez parte de farândola cujos maltrapilhos contaram-lhe histórias que fariam a própria Sherazade morder-se de despeito. A-hã: também não consigo fazer surgir à mente nome deste blues que executa com inegável talento. Fui possivelmente pessimista: amanhã, de tardezinha, talvez volte penitente para casa; quase nunca erro neles meus pressupostos: são dez anos de mendicância. Tenho, sim, desacertado sem intermitência sobre o reaparecimento dela amada que levantou âncora. Mas virá e, quando souber que nesses dez anos — além de escrever a letra N em todos os cantos da cidade — decorei os adágios de Erasmo de Rotterdam, dirá, alto e bom som: *Insólito; você é insólito*. Depois, riremos — como sempre. Veja: mulher-molusco e menino-borboleta sentam-se de frente ao maltrapilho novato para ouvi-lo com mais atenção. Sim: influente-infante recosta a cabeça no colo dela. Plateia reduzida, mas romântica. Gaiteiro-Sherazade tem ali o preâmbulo de sua primeira história — a ser contada num futuro não muito distante. Lembrei-me: *Boweavil blues*; ele toca *Boweavil blues*. A-hã: Bessie Smith. Veja: maltrapilho alcoólatra de rosto intumescido acorda irritado criando começo de tumulto em toda a farândola. Menino-borboleta emite palavrão estridente impondo ato contínuo ordem na plateia. Honesta fama est alterum patrimonium — Uma reputação honrada é um segundo patrimônio. Sim: mulher descalça enrolada num cobertor surrado senta-se perto do gaiteiro, que tropeça de repente nas notas musicais: não consegue conter náusea provocada pela fedentina. Influente-infante lança mão três vezes seguidas do mesmo recurso interjetivo utilizado para enxotar galinhas. Músico aproveita interrupção para trocar de repertório. Não consigo identificá-la; deve ser de sua própria autoria. Bonita. Pelo sorriso (mesmo econômico), mulher-molusco também gosta. Amada e eu sempre ouvíamos música naquela posição: a cada hora recostávamos, alternados, cabeça sobre o colo do outro. No ar, alternância ficava por conta de Billie Holiday e Villa-Lobos e Chet Baker e Alberto Nepomuceno. O deslizar lento dos dedos sobre os cabelos trazia às vezes cochilo fragmentando devaneios. Impossível imaginar naqueles momentos que dia qualquer ela deixaria bilhete elíptico sobre criado-mudo: ACABOU-SE; ADEUS. Sei que vivo há dez anos dominado pela expectativa ansiosa de ouvir voz dela sussurrando-me: *Oi, meu amado, voltei*. Não me considero frustrado em meus desígnios feito aqueles três maltrapilhos alcoólatras: ainda sigo a pegada da esperança. Não rastejes pela terra, como um animal. Põe asas que segundo Platão são levadas a crescer na alma graças à intensidade do amor. Eleva-te acima do corpo em direção ao espírito, do visível ao invisível, da letra ao significado, do sensível ao inteligível, do complexo ao simples. Sim: Erasmo de Rotterdam. Dizia também que rir de tudo é parvoíce. Não rir de nada é estupidez. Distante de minha amada meu riso ficou contido; quase inexistente. Digo-repito: não me considero frustrado em meus desígnios. Ela poderá chegar ainda hoje, talvez, trazendo de volta meu cheiro de alecrim. Veja: menino-borboleta e mulher-molusco: um não se incomoda com a fedentina do outro. Vida tem dessas surpreendências. Poderá surpreender-me a qualquer instante. Fico pensando se ela amada ainda terá paciência para continuar ensinando-me (sem sucesso) a beijá-la, e se permanecerá paciente com meu incorrigível-desajeitoso jeito de lidar com as coisas práticas do dia a dia; e se hoje, dez anos depois, ainda mantém aquele sorriso quase infantil; aquela gargalhada gostosa lembrando certas músicas a lufa-lufa de Johnny Mercer. Sei que, olhando meu rosto, vai perceber ato contínuo que envelheci quase meio século nesta última década; que, ao contrário do senhor, ficará bem perto de mim: acostumou-se ao mau cheiro das pessoas nos hospitais em que trabalhou; ou ainda trabalha. A-hã: médica. Oncologista. Sei também que vai segurar minha mão e vai levar-me para sua casa e vai tirar minha roupa e vai colocar-me debaixo do chuveiro e vai limpar-me horas seguidas com esfregão ensaboado até recuperar aquele cheiro primevo de alecrim. Depois deitaremos no chão da sala e ouviremos Billie; em seguida contarei — com muito mais propriedade do que ele Gaiteiro-Sherazade — mil e uma histórias. Talvez ainda hoje, de tardezinha, possivelmente. Veja: menino-borboleta dorme no colo da mulher-molusco, que acaricia seu cabelo crespo, enferrujado, fedentinoso.

[47]

São as surpreendências da vida. Maltrapilho novato toca, e chora. Lágrimas escorrem sem cerimônia. Possivelmente volte ainda hoje, de tardezinha, na hora em que minha amada chegar. Ou talvez fique mais dez anos, feito eu, andando a trouxe-mouxe pelas ruas desta metrópole apressurada. Sei que o sopro dele nasce do fole da alma. Sim: alguns passantes param para ouvi-lo. Músico possivelmente profissional. Se ficasse de vez na rua não precisaria lançar mão da mendicância: chapéu virado ao contrário sobre a calçada insinuaria recepção de cachê. Mas sei sinto pressinto que voltará logo para casa. Veja: mais um maltrapilho alcoólatra chega para abastecer os outros três. Sim: garrafinha bojuda de cachaça passa de mão em mão feito cachimbo da paz. Miseráveis. Destino deles todos é o mesmo daquele de rosto intumescido: vão se apodrecendo aos poucos. Música enternecedora do gaiteiro poderá possivelmente fazê-los imaginar que já morreram; que vivem num canto encantador qualquer do Paraíso. O senhor tem razão: a possibilidade de sonhar já está apodrecida. Este som suave de gaita possivelmente chegue aos seus ouvidos em forma de tortura. Trilha sonora desesperadora do delirium tremens. Miseráveis. Difícil saber quem é mais infeliz: eles, que estão sentados na caverna de Platão, contemplando, bêbados, as sombras, ou eu, sob a luz da loucura, vendo as coisas como elas são na realidade. Veja: mulher-molusco empurra bruscamente menino-borboleta: repetição da costumeira cena nolens volens motivada por outra mordida naquele espaço de pano surrado-imundo do vestido — entre os dentes dele e o sexo dela. Gaiteiro não disfarça a perplexidez ampliando — por mais alguns segundos — intervalo de sua melodia. Já tem assunto para sair do preâmbulo de sua primeira história — a ser contada num futuro não muito distante. Sim: Mulher fedentinosa enrolada no cobertor, também maltrapilho, voltou. Discute aos prantos com menino-borboleta. A-hã: disse que madrugada qualquer joga fósforo aceso no corpo-todo dele. Antes, derrama gasolina para o pobre-diabo ir-se acostumando com o fogo do Inferno. Correu escapando-se do pontapé. O Dulce bellum inexpertis — A guerra é doce àquele que nunca a saboreou. Gaiteiro encerra desempenho. Mulher-molusco aplaude. Artista quase se prosterna diante dela. Menino-borboleta olha a distância sem dissimular ciúme. Maltrapilho novato sentirá ainda esta manhã inevitável necessidade de mudar-se de sala de espetáculo: influente-infante é implacável. Dizem que esfaqueou braço de outro menino quando este acariciou inconveniente sua protegida. Curioso lembrar agora do anel preferido dele cuja inscrição dizia: concedo nulli — Não cedo a ninguém. Sim: estou falando de Erasmo de Rotterdam, que, numa situação financeira precária, se viu obrigado a vender seus dois cavalos, argumentando: *Não posso andar nu a cavalo, mas não tenho dinheiro para simultaneamente andar a cavalo e andar vestido.* Maltrapilhos continuam seu ritual indígena-etílico. O álcool é a arma com a qual desafiam o desamparo — ela diria. Era melancólica também. Na juventude, ouvia Tchaikovsky e colecionava réplicas de Portinari e encontrava conforto visitando, voluntária, leprosários. Sim: estou falando dela amada aquela que levantou âncora. Quase nada acalmava sua alma. Algo fazia sentido naquela melancolia. Pediu-me certa vez que a deixasse ad infinitum. Quando recusei, replicou: *Sua recusa é tão displicente quanto meu pedido.* Depois rimos — como sempre. Quando souber que vivo sozinho, solitário, sou ermitão nesta metrópole apressurada rumorosa, possivelmente dirá irônica que me transformei num cartusiano às avessas. A-hã: silêncio constitui componente fundamental dessa ordem religiosa. Veja: Gaiteiro-Sherazade retira-se sorrateiro. Annosa vulpes non capitur laqueo — Raposa velha não cai no laço. Ficasse mais algum tempo quebraria minha timidez pedindo-lhe que tocasse *My funny Valentine.* Possivelmente choraria de saudade. Possivelmente imitaria Humphrey Bogart pedindo-lhe que tocasse outra vez. Melhor assim. Quando ouço trilha sonora dele nosso amor, coração se confrange, sinto que a qualquer momento, sístole ou diástole, tanto faz, uma não virá nunca mais em seguida da outra. Delirium tremens possivelmente impede que eles maltrapilhos alcoólatras tenham tal sensação abrupta de desfalecimento in totum: morte chegará a passos lentos, putrefazendo-os ainda em vida. Miseráveis. Outros chegam, e saem com suas frutas machucadas. Veja: meninoborboleta gesticula diante da mulher-molusco. Ciúme possivelmente. Vida embruteceu-o, sim, mas não o impediu de reconhecer cavalheirismos alheios. É desconfortável ver excedendo noutros qualidades inexistentes em nós — mesmo tratando-se de rivais fantasiosos. Inteligência in natura dele influente-infante diferencia-o dos demais maltrapilhos. A-hã: vítima de maiores inquietações da alma. Digo-repito: pudesse estudar possivelmente seria qualquer coisa na vida — além de ferrugem. Sim: mulher-molusco disse algo incisivo provocando saída intempestiva do menino-borboleta. A-hã: chutou cachorro esquálido, que ergueu as patas dianteiras procurando, inútil, afeto humano. Mais cedo, mais tarde, vamos ficando parelhos aos vira-latas. Maltrapilhos sem raça definida. Possivelmente não houve período bom em época nenhuma. Acho que vivemos o pior dos mundos possíveis. Ele, Erasmo de Rotterdam — primeiro humanista a ganhar a vida com o que escrevia —, considerava seu século o pior de todos desde os tempos de Jesus Cristo. Dizia também que não devemos nos devorar uns aos outros feito peixes; transformar o mundo todo por causa de paradoxos, alguns ininteligíveis, alguns discutíveis, alguns sem proveito. Dizia mais: que o mundo está cheio de raiva, de ódio e de guerras; que não é grande proeza queimar um pobre homem; é uma grande façanha persuadi-lo. A-hã: Inquisição hoje se apresenta sutil. Maltrapilhos alcoólatras, por exemplo, são queimados por dentro. Todos vítimas de fogueiras personalizadas: menino-borboleta e mulher-molusco e eu fomos jogados (cada um à sua maneira) ao fogo do abandono. Fadário da farandolagem é caminhar descalço sobre brasas ad aeternum chamejantes — sem benesses miraculosas. Quando somos jogados (ou nos jogamos) na rua, nossos caminhos se inflamam de solidão e de fome e de saudade e de desamparo e de medo e de desesperança. Às vezes, quando vejo caminhão-pipa aproximando-se para nos expulsar outra vez — com sua ducha de água de pressão máxima —, imagino farândola toda sendo vítima fulminante de providencial inseticídio. A morte, neste caso, não seria o summum malum. Vamos, aos poucos, nos tornando seres resultantes de órgãos misturados de espécimes de insetos, espécies de gente. A-hã: metamorfoses inconclusas. Vivemos nas reentrâncias, nos escaninhos da cidade — multiplicando-nos à semelhança das baratas. Dez anos atrás seria impossível contar, como fiz há meses, num trajeto de'quinze quadras, noventa e três mendigos — excluindo-me. Quando vivemos na rua muito tempo, nossos próprios corpos, ferruginosos, além de exalar cheiro repulsivo, tornam-se blindagens, resguardam-nos dos efeitos nocivos das chuvas e dos ventos e dos raios solares. O veneno antídoto do próprio veneno. Mas ela virá — ainda hoje talvez. Minha oncologista irá salvar-me deste câncer que, eufemísticos, chamamos de abandono. Vai curar-me desta solidão, deste desamparo — ambos corroendo-me por dentro. Virá possivelmente ainda hoje. Estou falando dela amada aquela que levantou âncora. Uma vez, ouviu de paciente terminal: *Ninguém, nem a senhora, nem Deus conseguirão tirar esta dor que há dentro de mim.* Veja: menino-borboleta trouxe pequeno vaso de girassol para mulher-molusco. Maltrapilho alcoólatra de rosto intumescido cantarola canção qualquer, ilustrando, atrapalhado, gesto do galanteador infante improvisando confusa serenata. Amor enigmático do casal tem o mistério do cogumelo que emerge lúdico do fundo do esterco. Atitude inesperada: mulher-molusco atira de súbito girassol ao chão — despedaçando-o com os pés. Possivelmente não se ilude com esse fio de Ariadne em forma de flor. Menino-borboleta fica perplexo. Farândola toda espera reação enfurecida do ofendido. Mas este surpreende mostrando que seu amor sobrepuja a fúria retirando-se estoicamente. São as surpreendências da vida. Um dos quatro maltrapilhos alcoólatras escangalha-se de riso. Sim: também ouvi o estalejar da palma da mão do influente-infante no rosto do gracejador inoportuno. Implacável — menino-borboleta é implacável. Agora, à semelhança dos maltrapilhos, vai caminhar a trouxe-mouxe pelas ruas desta metrópole apressurada. Andarilho desgovernado — feito meus pensamentos. Minha andança ainda tem razão de ser: procuro-a tempo todo no meio da multidão. A-hã: estou falando de minha amada, aquela que levantou âncora. Às vezes alucino-me vendo o rosto dela no rosto de desconhecida qualquer. Pouco importa: meu caminhar não é despropositado. O deles, sim. Andam possivelmente para escapar da loucura, ou da solidão, ou do desespero. Andarilhos autômatos. Dia todo arrulhando peditório igual pombo implorando migalhas. Alguns apodrecem embriagando-se; outros morrem de tristeza, ou de infecção pulmonar, ou matam uns aos outros — ou cortam a teia da própria vida. Vou perdendo aos poucos o juízo: doidice chega em conta-gotas. Há dez anos. Desde que li pela primeira vez aquele bilhete elíptico· ACABOU-SE; ADEUS. É destrambelho brando, lento, gradual. Dia desses pensei coisa ruim. Agora, evito caminhar sobre viadutos. Sim: vez em quando desesperança toma conta trazendo certeza de que não a verei nunca mais. Depois, chamo à memória minha trilha sonora cujo refrão é ela virá eu sei. Aquieto-me num átimo: esperança blinda chegada do desespero in totum. Ela virá eu sei é minha meta mântrica. Ouça: sinos de igreja. Também eles chamam-me à memória minha amada. Tantas vezes li, para ela, em voz alta, ensaio de Otto Maria Carpeaux sobre Santa Teresa de Ávila. Exigia que eu repetisse este trecho — que ainda trago de cor: *O santo é um homem que possui a graça de levar o mundo mais a sério do que ele merece; tão a sério que o seu caminho para o céu passa precisamente por esse mundo.* Hoje sei que lia, mas não tirava proveito dos ensinamentos do ensaísta — menos ainda da santa: não desistia da intolerância. Minha oncologista, sim, abriu mão da tentativa de me salvar deste câncer cujo sintoma principal é a falta de transigência. Intolerância — substantivo ofensivo aos relacionamentos de todos os naipes. Ah, imaculada Teresa, ajude-me a reconquistar minha amada. Se tal feito extraordinário acontecer prometo escrever, ano todo, a sigla S T A nos espaços vazios dos muros e postes desta metrópole apressurada. Ah, imaculada Teresa, seu tempo, eu sei, é curto para tais miudezas; podendo, em-

[54]

preste-me, por alguns dias, os olhos disseminados por todo o corpo de Argos: com mil olhares poderei talvez avistar minha amada ainda esta semana. Faça qualquer coisa por mim; ajude-me; convença amada aquela que levantou âncora a imitar trajetória do bumerangue. Sei que não se comunica com santos tentando fazer palavras voarem para o céu — apenas graças ao vento: é preciso acomodá-las sobre as asas da fé. Ajude-me, imaculada Teresa, antes que loucura desarranje de vez vida que me resta. Sim, o senhor tem razão: tivesse tempo, ela olharia para maltrapilho alcoólatra de rosto intumescido. Depois possivelmente arrefeceria a tristeza (que parece infinita) da mulher-molusco. A-hã: desamparos amorosos são questões insignificantes para todos aqueles que vivem nos ciclos mais elevados do Paraíso. Tentar reaver amores perdidos é tarefa para seres igualmente de pouca significância. Sim: nós, os perecíveis. Mas vou encontrá-la, independentemente da ajuda dela imaculada Teresa: minha obstinação também é sagrada. Já pensei em lançar mão de megafone, mas não posso expor seu nome ao ridículo. Preciso preservá-la. Apenas escrevendo Ns nos espaços vazios dos muros e postes da cidade, não comprometo minha amada: passantes podem interpretar tal letra como inicial de Náufrago — logomarca deste escombro no qual me encontro há uma década. Quando o papa Adriano pediu-lhe que escrevesse um livro refutando as heresias de Martinho Lutero, recusou, achando melhor tratar tal controvérsia com o silêncio. Sim: estou falando de Erasmo de Rotterdam, que, antes, havia escrito a um amigo dizendo que tinha a impressão de ter ensinado o que ele Lutero ensinava — apenas de maneira menos selvagem e sem paradoxos e enigmas. Jurista famoso da época argumentou sobre ambos: *Se ao menos Erasmo tivesse a afoiteza e a astúcia de Lutero e Lutero não tivesse senão a fecundidade, a eloquência, a modéstia e a discrição de Erasmo, que criatura mais excelsa os deuses poderiam ter criado.* As duas caixas de frutas machucadas já estão vazias. Sempre assim nos dias de feira. Procedimento invariável. Deste jeito — sendo solidário — menino-borboleta demarca seu campo de domínio, sua influência. É de natureza controversa. Lupus pilum mutat, non mentem — O lobo muda o pelo, não a índole. Veja: um dos maltrapilhos alcoólatras bate insistente a cabeça no poste. Amada aquela que levantou âncora estivesse aqui, diria que os demônios são nossas escolhas; não são alienígenas: pertencem-nos. Pobre-diabo bêbado desesperado aquele possivelmente esteja agora diante do cortejo aterrador dos monstros sonhados por Santo Antônio. Miserável. Somos todos miseráveis. Solidários também. A-hã: maltrapilho alcoólatra de rosto intumescido impediu companheiro de continuar seu desesperante sacrifício, motivado talvez pela falta de coragem de cortar a teia da própria insuportável vida. Sim: ambos caíram rolando no chão feito recipiente bojudo de madeira. Além de miseráveis, patéticos — somos todos patéticos. Ou insólitos — como diria minha amada. Possivelmente sou o mais patético de todos: alimento-me do ilusório néctar da esperança. Crio expectativa — fermento indispensável ao crescimento do confeito da decepção. Mas não tenho alternativa: ou ela amada, em toda a sua inteireza; ou ela loucura, in totum. Meu refrão ela virá eu sei é minha entre aspas teia de Penélope. Não posso acreditar que seja meu entre aspas tonel das danaides. Veja: maltrapilho alcoólatra que rolou parelho no chão enxuga desajeitado sangue da testa do outro. Miseráveis e patéticos e solidários. Estamos todos do lado de fora da arca precedente ao Dilúvio. A-hã: N de Náufrago. Veja: chegou outra que também foi ao fundo. Fala sozinha. Conta reconta nos dedos até dez. Gesticula. Ouviu? Sim: *Você matou meu filho*. Para de contar, e grita: *Você matou meu filho*. Vez em quando a vejo pelas praças desta metrópole apressurada. Menino-borboleta disse-me outro dia que filho dela foi assassinado pelo próprio pai aos dez anos de idade. Veja: agora segue seu caminho para lugar nenhum — carregando sempre aquelas duas sacolas cheias de roupas, e alguns brinquedos. Possivelmente espólio do filho. Todos os infortúnios são azeite para o fogo da loucura. Destrambelho nos espreita tempo todo do outro lado do imprevisível. Filho dela voltará nunca-jamais; amada aquela que levantou âncora, sim; talvez ainda hoje, à noite, quando eu estiver mais uma vez de costas sobre o tatame cantarolando música do repertório de Billie Holiday. Ouviu? Voz dela amada parece sair da antena parabólica do último andar daquele edifício de escadas metálicas gigantescas de incêndio. Ouça: *Oi, amado, estou chegando; vou tirá-lo dessa vida lodosa na qual você se afundou quase de vez.* Ouviu? Entendo: o senhor não é obrigado ao impossível. Eu, sim. Só o desespero in totum pode nos fazer transpor os pórticos das impossibilidades. Vez em quando ouço voz dela saindo tambem dos bueiros e dos troncos das árvores e dos bicos dos pombos — entrecortada de arrulhos. *Oi, amado, estou chegando.* Tal afirmativa muda nunca; complemento, sim: às vezes ouço-a trocando vida lodosa por vida fedentinosa, ou por vida solitária, ou por vida endoidecida. Mas não fico sem ouvi-la pelo menos quatro vezes ao dia. Há dez anos. Sua voz é cantiga para as inquietudes da mente; acalanto para meus intermitentes destrambelhos; do contrário, doidice possivelmente se instalaria para sempre; desatino talvez materializaria aqueles pensamentos ruins quando caminho sobre viadutos. Vozes dela, mesmo fantasmagóricas, alimentam-me substanciosas de esperança. Se não acreditasse no imaginário criaria a dúvida — esta que leva à intrincada escolha entre as duas faces de Juno. *Oi, amado, estou chegando.* Talvez sejam vozes à semelhança do daimon socrático. Possivelmente ilusões-limite feito sereias de Ulisses. Sei que careço ouvir esse arauto dela amada que levantou âncora. Num de seus colóquios mais mordazes, induzia leitores a desistir de peregrinações e culto a santos e das indulgências. Sim: estou falando dele Erasmo de Rotterdam — que proclamava a infinita misericórdia de Deus acreditando que até o diabo seria salvo. Outro dia estendi a palma da mão, mas cigana ironizou: *Impossível ler qualquer*

*futuro debaixo desta imundície; Tirésias prenunciaria com
muito esforço o daqui a pouco dela sua vida. Mas há uma
fresta deste lado esquerdo permitindo ver mulher de jaleco
branco, à beira da cama, dizendo para paciente de indisfarçável fase terminal: Insólito; você é insólito.* Vida tem dessas
surpreendências. Fiquei perplexo. Depois concluí que insólito — enquanto não cai em desuso ⇒ é palavra suscetível de
coincidência; que ela, pitonisa metropolitana, apenas havia
percorrido o caminho todo ele bifurcado de sobreposições e
simultaneidades. Quid futurum cras, fuge quaerere — Não
perguntes o que haverá amanhã. Veja: outro maltrapilho de
barba e cabelos imundos aproxima-se com dificuldade. Não
chega a tempo para pegar sua fruta. Revolta-se possivelmente com o próprio arrasto chutando uma das caixas. Enfrentar a decrepitude vivendo a trouxe-mouxe pelas ruas é
malvadeza em dose dupla dos deuses dos desamparos: toda
morte precisa encontrar seu próprio leito. Sim: caminha
lento demais; cada passo parece perpassar século inteiro.
A-hã: mulher-molusco não suporta a fedentina, pressionan-
do, ato contínuo, narinas com polegar e indicador da mão
direita. Somos todos — cada um à sua maneira — fedentinosos e desvalidos e patéticos e constrangedores. Também
eles possivelmente já exalaram um dia cheiro de alecrim,
ou de alfazema, ou de âmbar. Minha amada, sei sinto pressinto, ainda cheira a jasmim. Rimávamos até no aroma. De
repente, vítima da aliteração, do verso livre: ACABOU-SE;
ADEUS. Poema partido ao meio; igual esfera aquela da qual

nos falou Platão. Sentiu? Estou falando dele cheiro de jasmim. Não? Entendo: impossível partilhar a fragrância da saudade. Ah, minha amada, volte para contar-me outras tantas vezes histórias de sua avó materna — matriarca de raro saber — lendo para a neta ainda adolescente peregrinações de Dante em busca da dulcíssima Beatriz. Às vezes penso que não sairei deste ciclo infernal em que me encontro há dez anos. Não posso desistir: o senhor talvez seja meu Virgílio entre aspas. Mas desta vez o latino manterá certa distância do fedentinoso florentino. A-hã: Divina Comédia versão maltrapilha. Preciso ver minha amada para ouvi-la cantando baixinho para mim, outras tantas vezes, cantigas do folclore arábio. Não posso desistir: refrão ela virá eu sei foi entalhado no bronze revivescente da esperança-fênix. Veja: mulher-molusco entrega resto de manga para maltrapilho de arrasto agônico. Menino-borboleta disse-me outro dia que desconfia — pelas conversas oblíquas — que ela vive debaixo desta angústia infinita porque surpreendeu marido abusando da própria filha adolescente. Pode ser. Nenhuma tristeza ultrapassa as colunas de Hércules por obra do acaso; é preciso que chumbo fervente qualquer trespasse nossas almas provocando rombo irreparável. Vida tem dessas surpreendências. Amada oncologista que levantou âncora costumava dizer que somos vítimas vida toda de todo tipo de câncer — principalmente dos invisíveis. Mulher-molusco padece desse carcinoma do desencanto geral, cuja visibilidade é impossível: aloja-se talvez num canto impenetrável do subsolo da alma. Personagem de Sófocles talvez — Dejanira rediviva envenenando sem querer o próprio marido. Dizia que os queimados na fogueira como hereges podem ser mártires aos olhos de Deus. Sim: estou falando dele Erasmo de Rotterdam — erudito-nômade. Veja: maltrapilho de arrasto agônico lambuza barba com fiapos de manga; está voltando para seu espaço também imundo debaixo desse mesmo viaduto a cinco quadras daqui. Com esse caminhar tartarugoso chegará possivelmente depois de amanhã. Segue devagar, solitário. A-hã: solidão é melancolia travestida de saudade. Também sofro dessa doença desesperadora do querer estar a pouca distância de quem está distante demais. Mas ela amada aquela que levantou âncora virá — eu sei. Talvez esteja agora num quarteirão qualquer da rua de trás. Não vou perguntar porque sei sinto pressinto que o senhor dirá que não ouve o som onomatopaico do salto do sapato dela. Entendo: só eu conheço o ritmo desequilibrado do seu jeito característico de dar um passo titubeante depois do outro. Ouça: som de salto de sapato alto. Há dez anos ouço os passos dela aproximando-se. Sensação de que nosso encontro é frustrado no último instante pelas mãos invisíveis malévolas dos deuses dos desencontros. Mas ela virá — eu sei; poderá chegar possivelmente ainda nesta madrugada; deitará comigo neste tatame e depois olhará para a primeira letra de seu próprio nome e depois fixará o olhar nos meus olhos e depois dirá: *Insólito; você é insólito.* Depois riremos, como sempre — mas dessa vez baixinho para não acordar a farandolagem toda. Depois me ajudará a percorrer os caminhos pelos quais passei — para dessa vez apagar um por um todos os Ns espalhados pelo centro desta metrópole apressurada. Sim: promessa; prometi a mim mesmo que faria isso. A-hã: amor refeito logotipo desfeito. Sei também que, durante o desbastar de cada letra, dirá: *Insólito; você é insólito.* Depois riremos — como sempre. Som onomatopaico sumiu de novo. Deuses dos desencontros interferindo mais uma vez no itinerário dela — amada que levantou âncora. Veja aquela luz vermelha encimando para-raios no topo do prédio azul; é o olho de minha amada piscando ininterrupto tempo todo para mim. Às vezes torço para que uma dessas descargas elétricas que fulguram no espaço caia sobre meu corpo partindo-me ao meio. Há momentos em que desesperança insiste teimosa em acompanhar-me ombro a ombro dois três dias seguidos. Otimismo capengando-se amiúde. Dez anos de intermitentes oscilações. Permito nunca-jamais que desencanto se acomode ad aeternum. Quando penso na possibilidade de rever amada imortal sou Eclesiastes às avessas: vejo arco-íris muito antes da chuva insinuar-se. Dique impedindo rompimento do destrambelho in totum. Esperança é elmo que blinda trespasse da lança da loucura absoluta. Digo-repito: não tenho outra alternativa senão retomar o canto da cantiga do bom presságio cujo refrão é ela virá eu sei. Veja: outro maltrapilho aproxima-se vagaroso para volumar a farandolagem. Poucos conseguem viver arredios, eremíticos, feito eu feito mulher-molusco, que, apesar dos pesares, tem vez em quando o afago do menino-borboleta. Sou a esquivez em pessoa. Difícil viver nas ruas em abstrato, desirmanado. Ouviu? Sim: maltrapilho alcoólatra de rosto intumescido apontou cambaleante para o céu, proclamando: *Só confio nele aquele do andar de cima; aqui embaixo tem ninguém bom.* Inaugura possivelmente o niilismo cristão: acredita na bondade de Deus, mas não ama o próximo como a si mesmo. A-hã: recebe aplausos desajeitados dos outros bêbados à sua volta. Patéticos — somos todos patéticos. Num debate, quando Lutero pediu: *Deixai Deus ser Deus*, Erasmo corrigiu: *Deixai Deus ser Bom.* Estivesse presente discordaria de ambos, implorando: *Deixai Deus em paz nela sua sagrada inexistência.* Veja: jornaleiro do outro lado abrindo seu estabelecimento. Também ele chama-me à memória minha amada que gostava de ler notícias em voz alta para mim. Até propor de súbito pacto da não leitura eterna. Ignorar jornais impressos para sempre. Concordei: há quinze anos folheio periódico nenhum. Gostaria de saber se ela quebrou esse acordo da desinformação quase total. É bom não ligar importância aos acontecimentos; aos assuntos indispensáveis, ao comentário do dia; passo despercebido para o mundo — e vice-versa; não sabemos nada um do outro; sei sinto pressinto que vamos nos desabando — cada qual à sua maneira: eu, apegando-me ao passado; ele, o mundo, desaba-se possivelmente porque fica aos poucos sem futuro para se apegar. Cataclísmico. Sempre fui cataclísmico. Amada aquela que levantou âncora dizia

[63]

que sou niilista lírico: descrença quase absoluta — menos no amor cantado ad nauseam pelos poetas de todos os tempos. Ouviu? Não? Entendo: o senhor não está preparado para entrar nela minha realidade cuja tradução oficial é delírio. Ouço agora voz dela amada imortal vindo de megafone longínquo: *Estou chegando, meu amado, estou chegando.* Som acalentando desespero da saudade. *Estou chegando, meu amado, estou chegando.* Voz chega distorcida, mas sei que se dirige a mim: cidade inteira está despreparada para ouvir canto da sereia aquela que levantou âncora. É bom viver assim a poucas quadras da doidice in totum: arrefece o desencanto. Há dez anos ando a trouxe-mouxe pelas ruas gravando Ns tímidos nos espaços camuflados desta metrópole apressurada. Ninguém vê. Mas ambas são reais — voz e primeira letra do nome dela. Vida tem dessas surpreendências. Dia desses pensei em gravar outro N no próprio corpo — desta vez aqui, perto do coração. Depois desisti: tatuador suportaria jeito nenhum minha fedentina. Já me acostumei com a condição malcheirosa de mim mesmo. Adaptamonos a tudo. Só não me acostumo com a saudade — dor invisível que sangra imperceptível. Década toda sofro desta inquietude advinda do desejo desesperador da presença dela, cujo paradeiro ignoro in totum. Talvez esteja noutro bairro, ou noutra cidade, ou noutro país. Talvez esteja morta. Não. Impossível: é minha amada imortal. Perguntava o que acontece à verdade quando os homens estão enveredados numa guerra religiosa. Sim: Erasmo de Rotterdam —

estou falando dele aquele que via obscuridade em todas as coisas humanas. Veja: cachorro esquálido aproxima-se outra vez do maltrapilho alcoólatra de rosto intumescido. Este possivelmente reconsidera num átimo opinião segundo a qual aqui embaixo tem ninguém entre aspas bom. Brincam. O primeiro equilibra-se com duas patas; o segundo cambaleia pra lá, pra cá. Vira-latas — somos todos vira-latas. Já fui de ótimo pedigree quando cheirava a alecrim; quando ela-eu saíamos do cinema, depois de assistir a um filme de Mizoguchi — por exemplo. Hoje sou este animal de raça indefinida — solitário feito lobo da estepe, uivando saudoso pelos cantos imundos da cidade. Uivos inúteis: sempre abafados pelos sons múltiplos desta metrópole apressurada. Era de boa linhagem quando caminhava de mãos dadas, declamando Schiller para ela amada imortal. Corpo todo aromático e cineasta japonês na retina e amor correspondido no peito e poeta alemão na memória — componentes adequados à feitura da seda pura a que chamamos nobreza. Já fui fidalgo. Hoje, fedentinoso, a poucas quadras do destrambelho in totum, sou coisa de valor parelho a este tatame também malcheiroso. Mulher-molusco, igualmente: equivale àquela caixa na qual esconde metade do próprio corpo. Maltrapilhos alcoólatras, juntos, valem menos que garrafinha bojuda alternando agora de mão em mão feito cachimbo da paz. Digo-repito: vivendo na rua vamos aos poucos desfazendo nossa condição humana. Veja: alguém, descalço, aproxima-se da farandolagem enrolado numa manta surrada. Parece gente. Mas pode ser rato ou gato ou lagarto. Seja o que for, vale menos que o próprio cobertor. Ne quid nimis — Nada em excesso. Ironias cabem a todo instante em qualquer lugar — até aqui no fundo do poço. Rosto ficou descoberto: é mulher. Farrapo feminino. Amada aquela que levantou âncora pudesse providenciaria agora par de chinelos para pobre-diaba desvalida. Veja: desprezada pelos pares: fede muito. Possivelmente havia alguma beleza debaixo daquela ferrugem. Tem corpo esguio. Caminha com certa elegância — apesar da podridão. São as surpreendências da vida. Há dez anos ando a trouxe-mouxe pelas ruas sem nunca ter tido curiosidade em saber passado de nenhum maltrapilho. Sequer dele menino-borboleta que às vezes comete de moto próprio algumas confidências. Faço ouvidos moucos — modo geral. Mesmo jeito que é cruel para o mendigo pensar no passado, igualmente tenebroso deveria ser para o gado de corte pensar no futuro. Conheci em dez anos muitos incontáveis maltrapilhos. Desperto jamais o ânimo do diálogo. Procuro não ser compadecido: somos todos miseráveis — cada um à sua maneira. Mantenho distância. Sou possivelmente o mais misterioso e folclórico desvalido da cidade. Sabem que ando a trouxe-mouxe com tatame a tiracolo e livrinho puído no bolso de trás. Não sabem nada a meu respeito; não sabem o significado da palavra adagiário. Não sabem quem foi Erasmo de Rotterdam. Desconfiam que estou a poucas quadras do destrambelho in totum; que talvez seja por causa de uma mulher. Mas não sabem que

canto ad nauseam para mim mesmo a cantiga do bom pres
ságio cujo refrão é ela virá eu sei. Dor também eremítica.
Não subo ao púlpito para proclamá-la. Há momentos em
que penso subir no topo do edifício mais alto desta metrópole apressurada para dizer alto e bom som: *Volte, minha
amada, volte, antes que me enlouqueço de vez.* Depois desisto. Veja: mulher enrolada num pano longo imundo acende
cigarro no toco do cigarro que maltrapilho alcoólatra de
rosto intumescido atirou no chão. Postura nobre até para
abaixar-se. Próprio passado deixou-lhe rastro de fidalguia.
Olhando-a agora seguindo em frente arrastando sua longa
coberta, desconfio estar diante da rainha dos farrapos humanos. Sujidade excessiva não foi capaz de arquear esbelte-
za. São as surpreendências da vida. Ouça: casal discute dentro daquele carro azul parado no trânsito. Também eles
chamam-me à memória minha amada. Discutíamos muito.
Éramos beligerantes demais. Mudei. Antes, provocávamos
polêmicas horas seguidas sobre os mais obscuros temas —
entre os quais a inescrutável transubstanciação da alma.
Hoje me oriento pela leveza do despreendimento in totum.
Estoicismo circunstancial talvez — não sei. Amada imortal
chegasse agora possivelmente retomaríamos última discussão aquela sobre teosofia — não sei. Ou talvez ficássemos
horas seguidas, um olhando para os olhos lacrimejantes do
outro. Imprevisível. Sim: já pensei na possibilidade do seu
sumiço definitivo. Dor no peito surge ato contínuo feito
agora. Mas aprendi a praticar abstração; especializei-me no

alheamento desacolhedor dos maus presságios. Ela virá — eu sei. Traduziu e editou São Jerônimo e Aristóteles e Santo Agostinho e Sêneca e Suetônio e Plutarco, e tantos outros. Sim: estou falando dele Erasmo de Rotterdam — rei dos ambíguos, segundo Lutero. Veja: mulher-molusco levantou-se. Ouviu? A-hã: *Odeio todos vocês*. Às vezes procede assim quando acorda; olha para os passantes, vociferando: *Odeio todos vocês*. Cantilena dura quinze vinte minutos. *Odeio todos vocês*. Mistério. Ninguém sabe ao certo origem de tanta tristeza, tanto ressentimento. Digo-repito: é possivelmente a mais triste das figuras desde sempre aparecidas na Terra. Atribui a cada indivíduo que passa parcela de culpa pelas feridas nunca cicatrizadas que ela mesma traz no peito. Ouça: gritos ficam ainda mais lancinantes. *Odeio todos vocês*. Meses atrás, agindo desse mesmo jeito, foi apedrejada por alunos recém-saídos da escola. Menino-borboleta precisou levá-la ao pronto-socorro. Teve vontade de matar uma por uma todas aquelas tarântulas mirins. Impossível: situação exigia que prestasse ato contínuo ajuda à amiga. *Odeio todos vocês*. Daqui a pouco perde o fôlego, exaure-se, para de mostrar-se desrespeitosa com os passantes. Patéticos — somos todos patéticos. Sim: vira-se agora para o grupo de maltrapilhos alcoólatras repetindo mesma cantilena: *Odeio todos vocês*. Riem, debochados. Possivelmente quando estamos no fundo do poço etílico palavra nenhuma tem mais sentido nenhum. Tudo é azeite para a fervura do delirium tremens. Ouviu? Sim: *Amo todos vocês*. Um deles repete com mesma entonação dela mulher-molusco: *Amo todos vocês*. Riem, debochados. Amar ou odiar — tanto faz: álcool irá explodi-los — mais cedo, mais tarde. Aquele de rosto intumescido será talvez o primeiro a entrar no barco de Caronte. Mulher-molusco desiste da contenda verbal, acomodando metade superior do corpo dentro da caixa de papelão. Menino-borboleta estivesse presente defenderia amiga distribuindo bofetões equânimes entre aspas. Sabe que nemo sibi nascitur — ninguém nasce só para si. É (feito eu) de natureza nômade: nunca acomodamos nosso ninho mais de uma vez sobre o mesmo galho. Tatame que o senhor vê já forrou pedaço de chão em quase todos os cantos disponíveis da gigantesca área central desta metrópole apressurada. Somos pássaros de asas desassossegadas. Ao contrário dela mulher-molusco que fica tempo inteiro quieta naquele canto: impossível arrastar a todo instante tanta tristeza. Quietude que se acomoda na melancolia. Menino-borboleta às vezes passa dois dias sem aparecer — aumentando possivelmente porção melancólica dela. Eu ando. Desde cedo até a hora em que o Sol desaparece no horizonte. Vou encontrar amada aquela que levantou âncora. Saindo talvez de hospital qualquer; ou de cinema indeterminado; ou de magazine impreciso; ou de edifício incerto. Vou encontrá-la. Ela virá — eu sei. Possivelmente já passou algumas vezes ao meu lado. Mas apenas eu sei quem está debaixo desta ferrugem. Não decidi ainda como vou me identificar. Para evitar seu afastamento abrupto poderei surpreendê-la — de longe: *Seu nome começa com N; o meu, M.* Talvez acrescente: *Hoje estou assim, fedentinoso, mas já cheirei a alecrim.* Ficará assustada, trêmula; depois reconhecerá minha voz de indisfarçável estridência. A-hã: esganiçada. Possivelmente dirá perplexa: *Insólito; você é insólito.* Depois verteremos pranto — mantendo distância um do outro. Talvez em respeito ao marido, em respeito ao filho de quatro, cinco anos — possivelmente. Hipóteses. Vivo há uma década entorpecido pelo indeterminado, pela conjectura — condimentos da suposição. Além de patético, hipotético. Pode ser também que esteja esperando-me tal qual Penélope moderna — repelindo, ela mesma, um por um todos os pretendentes. Sei que não sou Ulisses — na última das hipóteses, não me alimentei de nenhum fruto do esquecimento. Lembro-me de todos os nossos instantes juntos. Prazer maior que dormir com ela era acordar ao lado dela. *Bom dia, meu amado* — dizia com sua meiguice matinal costumeira. Ser-sereno — apesar da contundência na defesa de suas ideias. Fui injusto dizendo que verteríamos pranto — mantendo distância um do outro. Não. Amada imortal se aproximaria ato contínuo deste meu corpo fedentinoso: é oncologista. Primeira providência seria ensaboar-me horas seguidas debaixo de chuveiro de quentura máxima — sem pressuposição. Tão certo quanto era incontestável que ele representava o que havia de mais moderno em todos os avanços intelectuais importantes de seu tempo. Sim: Erasmo de Rotterdam — o mesmo que dizia que a paz menos vantajosa é mais vantajosa que a guerra

[70]

mais justa. As obras desse pacifista incondicional foram postas no Índex pela Igreja católica em 1558. Virá — eu sei. Sim: agora falo dela amada imortal. Voltará para reaver meu cheiro de alecrim. Às vezes sonho com ela-eu, juntos, nus debaixo do chuveiro; horas seguidas ensaboando-me. Amada que levantou âncora sempre foi incansável procurando atingir seus objetivos. Conseguirá — eu sei. Nos sonhos recorrentes, limpeza do corpo fica sempre inconclusa por causa do meu despertar abrupto. Ela está a caminho trazendo de volta meu cheiro primevo — eu sei. Vida exagera na desolação quando esperança se esvaece de vez. Niilista lírico — sou sim. Sempre fui. Insólito também — diria amada imortal. Veja: cachorro esquálido lambe sola dos pés da mulher-molusco, que chuta focinho do animal sem tirar metade do corpo de dentro da caixa. Ouviu? Sim: voz chega contida-reprimida: *Odeio todos vocês*. Maltrapilhos alcoólatras riem. Um deles puxa o cão pelo rabo. Ambos rolam no chão. Patéticos — somos todos igualmente patéticos; diferentes apenas na esqualidez. Aquele de rosto intumescido explodirá a qualquer momento de tanto inchaço. Miseráveis — somos todos igualmente miseráveis. Eu, em acentuado relevo: crio expectativa. Não tenho outra saída: esperança é meu único vício. Sofro a seco. Ausência da amada fere feito sabre. Digo-repito: bilhete elíptico aquele teve a concisão de um punhal: ACABOU-SE; ADEUS. Mulher-molusco também sofre a seco. Dor dela é maior; talvez seja a dor da desesperança in totum. Vazio no peito sem possibilidade alguma de preenchimento. Dor tatuada que só desaparece com desaparecimento do próprio corpo. Não é por obra do acaso que sua tristeza foi além das colunas de Hércules. Não sei como é possível conter tanta melancolia num corpo tão franzino. Sei que dor não vem proporcional ao físico de cada um. Do contrário, grito dele Polifemo ensurdeceria o Universo. Dor dela mulher-molusco possivelmente tem o tamanho da dor da perda definitiva; tamanho da dor da saudade de quem voltará nunca-jamais — por exemplo. Não sofro desse mal: ela virá — eu sei. Veja: avião. Está dentro dele talvez. Três meses atrás fui andando logo cedo ao aeroporto. Fiquei dia todo diante do portão de desembarque segurando placa improvisada: ALECRIM — LEMBRA? Inútil. Segurança tentou me tirar várias vezes por causa da indesejável fedentina. Não conseguiu. *Inconstitucional, é inconstitucional* — eu dizia peremptório. Espera inútil: ela não apareceu. *Insólito; ele é insólito* — comentavam possivelmente os passageiros entre si. Maltrapilho fedentinoso segurando dia inteiro placa improvisada elíptica: ALECRIM — LEMBRA? Sim: insólito — à primeira vista. Ninguém é obrigado a saber que havia por trás daquele gesto espera de dez anos; que foi a ausência dela que instigou destrambelho ainda parcial; que é por causa da ausência dela que ando a trouxe-mouxe pelas ruas desta metrópole apressurada; que descuidei da higiene pessoal depois que amada imortal levantou âncora. Insólito, sim — à primeira vista. Também achei maioria deles igualmente insólitos fantasiados de Midas. Veja: agora percebo que aquele avião não chega — sai da cidade. Não pode estar dentro dele: ela virá — eu sei. Talvez chegue no próximo voo — vindo de simpósio qualquer de oncologia em Amsterdam. Hipóteses. Pode ser também que esteja passando agora de carro sobre este mesmo viaduto — dirigindo-se ao hospital no qual trabalha, cujo endereço, desnecessário dizer, ignoro. Hipóteses. Alimento-me há uma década de suposições e esperança — antídotos do destrambelho em toda sua inteireza. Sinto que diminui minha capacidade de deitar poeira nos olhos da loucura in totum. Sei sinto pressinto que as desarrumações mentais crescem amiúde; que às vezes me pego escrevendo nos postes a letra Q ou D ou Z — em vez de N. Traído talvez pela desesperança absoluta; ou possivelmente seja a própria loucura ensaiando seus primeiros passos em direção ao completo emaranhamento dele meu abecedário. Maranhas flutuantes. É quando procuro depressa igreja mais próxima; sensação de que apenas anjos e santos entenderão quando demência chegar de vez. Sim: também acho estranho acreditar neles desacreditando em Deus. São as surpreendências da vida. Sei que procuro ato contínuo envolver-me nos eflúvios angelicais da igreja mais próxima, procurando talvez acústica sagrada para possíveis gritos desesperantes. Loucura in totum que se avizinha possivelmente chegará aos berros. Ainda consigo abafá-la com meu refrão ela virá eu sei. Esperança-elmo impedindo ferimentos fatais das lanças do destrambelho absoluto. Sei também que proximus sum egomet mihi — o mais próximo de mim sou eu. Ouça: agora é choro que chega contido-reprimido. A-hã: mulher-molusco. Se ao menos fosse vítima dos desmaios etílicos da maioria deles maltrapilhos alcoólatras, possivelmente sua dor eterna teria arrefecimento forçado pelos inevitáveis hiatos. Digo-repito: é dor a seco. Enquanto Lutero afirmava que toda salvação procede de Deus e que todo empreendimento humano pertence ao pecado, Erasmo rebatia argumentando que essa concepção reduz Deus a uma divindade caprichosa que eleva ou rebaixa arbitrariamente as criaturas. Sei que maltrapilhos alcoólatras amontoados apodrecidos uns sobre os outros não têm mais tempo para se preocupar com nenhum tipo de saúde — principalmente com a saúde moral deles mesmos. A-hã: que Deus os ajude. Acho que Ele — em sua sagrada inexistência — consegue jeito nenhum ajudar ninguém. Apenas o ser humano pode ser prestativo ao ser humano — apesar de sermos o lobo de nós mesmos. Apenas ela amada imortal poderá salvar-me da solidão e da fedentina e da loucura absoluta. Esta última parece aproximar-se em grandes passadas na garupa de um dos cavaleiros do apocalipse. Apenas ela terá poder miraculoso entre aspas para refazer minha condição humana. Hoje sou homem de proporções microscópicas, fedentinoso, arrastando a trouxe-mouxe minha autopiedade revestida de ferrugem. Apenas amada aquela que levantou âncora tem esse poder desoxidante. Virá — eu sei. Estenderá a mão, dizendo: *Vem, meu amado, vou tirá-lo desse lodo no qual se afunda aos poucos há dez anos. Vem, vou curá-lo desse carci-*

noma cujo codinome é solidão — palavra com a qual poetas lançam combustível ao fogo da plangência. Outro dia sonhei que caminhava distraído sobre viaduto quando ela amada surgiu num voo rasante de asa-delta, aferrando-se num átimo a mim, para juntos sobrevoarmos lugares que se alternavam entre deserto e pântano e mar e metrópole. Acordei entorpecido de medo no momento em que ela amada imortal soltou-me sobre cidade gigantesca dizendo, alto e bom som: ACABOU-SE; ADEUS. Foi mais uma madrugada insone em que meu corpo, impaciente, desconsiderou a todo instante os limites do tatame. Sonhei outras tantas vezes com roteiros diferentes. Desfecho despertador, este sim, sempre imutável: ACABOU-SE; ADEUS. Mais angustiante deles foi quando — no fundo do oceano — amada aquela que levantou âncora repetiu tal afirmativa elíptica assim que perfurou aparelho respiratório dele meu escafandro. São apenas sonhos ruins. Seja como for, sei que ela virá para desfazer suposta perpetuidade desta frase de tão concisa contundência: ACABOU-SE; ADEUS. Virá — eu sei. Convicção de reaver amor perdido alonga chegada possível do destrambelho in totum; entorpece desesperança absoluta. Sei também que a vida é rodovia que se desemboca num despenhadeiro dentro do qual cairão todos os passantes. Jeito é pavimentar de ilusão essa estrada de inevitável fatalidade. Veja: mulher-molusco saiu de dentro da caixa de papelão trazendo surrada bolsa a tiracolo onde carrega — segundo inconfidências dele menino-borboleta — fotografia

[75]

da filha assassinada pelo noivo. Hipóteses. Influente infante é fantasioso demais. Entretenimento preferido é decifrar passado da farândola de acordo com o proceder de cada um. Disse-me outro dia que maltrapilho alcoólatra de rosto intumescido trabalhou muitos anos na fábrica de chocolate do tio. Abandonou emprego, desiludido: parente patrão foi viver em concubinato com a cunhada — mãe do próprio maltrapilho alcoólatra de rosto intumescido. Disposição inata para o novelesco. Gosto de ouvi-lo: é perspicaz; inteligente. Perverso. Acho que já matou alguém. Hipóteses. Sei que impõe respeito — apesar da adolescência. Possivelmente viverá pouco. Ao entardecer voltará para recostar cabeça no colo da mulher-molusco e, talvez, noutro momento de excitação incontrolável, morderá sobre o vestido o sexo dela. Viu? Abriu bolsa surrada; chora. Há algo dentro que traz substância à sua tristeza infinita. Aconchegou-a entre mãos e peito. Gesto mnemônico: possivelmente chama à memória algo-alguém primum móbile de sua angústia. Barqueiro Caronte chegasse agora seria dádiva dos deuses da compaixão. Mais fácil livrar-me desta fedentina ferruginosa com retorno da amada do que mulher-molusco livrar-se dessa tristeza sem a chegada da morte. Quando possibilidade de qualquer coisa minimamente favorável é nenhuma, navegar descorporificado sobre as águas do Aqueronte é bem-aventurança in totum. Menino-borboleta não se surpreenderá: sabe que todos os colos são efêmeros. Dizia que aquilo que olhos veem, ouvidos ouvem, mãos manejam, boca saboreia não tem proveito à parte daquilo que o coração sente. Sim: Erasmo de Rotterdam — um dos principais representantes do humanismo renascentista. Na época dele, eremita qualquer foi queimado em Paris por insistir que José era o pai de Jesus. Passantes possivelmente também pensam em fazer fogueira dos maltrapilhos alcoólatras amontoados uns sobre os outros — empobrecendo ainda mais o tímido paisagismo da pequena praça. Veja: cão esquálido acaba de morder mão direita do pobre-diabo de rosto intumescido. Tenta estancar o sangue na camisa do mais franzino alcoólatra da farandolagem, que, esquivando-se, cambaleante, escangalha-se de riso. Miseráveis. Somos todos miseráveis. Cada um à sua maneira. Eu, vítima da trajetória dantesca às avessas: da redenção das luzes à abjeção das trevas. Veja: chegaram mais dois infelizes. Ainda não estão bêbados. O de barba branca senta-se num dos bancos; tira do bolso da camisa caco de espelho. Sim: orientado pelo reflexo vai arrancando aos poucos imundícies encastoadas nos pelos sobre o queixo. Parece gostar do ritual. Suus cuique crepitus bene olet — Cada qual aprecia o cheiro do seu monturo. Outro, ao lado, cabisbaixo, muito triste, possivelmente procura verdadeiro Eu debaixo do chão. Hipóteses. Sei que todos ali estão semimortos afundados na desesperança. Ainda respiro: refrão ela virá eu sei é meu oxigênio. Ouviu? Não? Entendo: às vezes os anjos neutros dos bons presságios cantarolam *My funny Valentine* apenas para mim: trilha sonora personalizada. Privilégio do destrambelho a meia-luz. Emaranhamento mental pela metade tem suas vantagens. Pena você não ouvi-los: existem números convenientes de vocalistas dependendo da extensão de tempo da saudade. Sinto que agora (dez anos depois) privilegiam-me com um coral de mil vozes. Chet Baker multiplicado por mil sobre as nuvens cantando *My funny Valentine* só para mim. Mais encantador era ouvir apenas um Chet Baker — ao lado dela amada imortal. Veja: mulher-molusco estanca sangue da mão dele maltrapilho alcoólatra de rosto intumescido. A-hã: pedaço de jornal imundo. Solidariedade brotando comovente feito cogumelo emergindo-se do fundo do esterco. São as surpreendências da vida. Dia anterior àquele em que ela deixou bilhete elíptico ACABOU-SE; ADEUS sobre o criado-mudo, disse-me, olhos nos olhos: *Vou amá-lo vida toda.* Silhueta da lâmina da despedida estava por trás daquele olhar umedecido. Não percebi. Hoje sei que nosso peito vive atafulhado de sentimentos dúbios contraditórios: deixarei de moto próprio para sempre quem amarei ad aeternum. Mas sei sinto pressinto que amada aquela que levantou âncora, vítima do arrependimento, também me procura desesperada; imagina jeito nenhum que durmo na rua sobre este tatame — em cuja extremidade escrevi primeira letra do nome dela. Veja outra vez: N. Vez em quando desesperança chega abrupta fazendo-me pensar que é N de nunca. Ato contínuo, digo a mim mesmo: é N de nascer. Do contrário, loucura chegará de vez espantando para sempre todos os anjos neutros dos bons presságios. Coral chetibeiquiano nunca mais. Esperança é ímã às avessas do destrambelho in totum. Veja: maltrapilho alcoólatra de rosto intumescido é empurrado de maneira brusca pela mulher-molusco depois de tentar beijá-la na boca. Mão que afaga é a mesma que apedreja — diria o poeta. Pobre-diabo cambaleia; cai. Miseráveis. Somos todos igualmente miseráveis. Ela mulher-molusco volta aos gritos para perto de sua caixa: *Odeio todos vocês.* Palavras ásperas não combinam com gesto de solidariedade — anterior ao empurrão. Entendo: farandolagem quase toda odeia sem claudicância os deuses dos desarranjos. Quando nossos caminhos são pavimentados pelo desarranjamento in extremis — impossível não ver pá de mistura asfáltica na mão de cada um que nossos olhos alcançam. *Odeio todos vocês.* Possivelmente esbraveja apenas contra os (sabe-se lá quantos) anjos neutros dos bons presságios que silenciaram de vez para ela. Acho que mulher-molusco não concordaria com Erasmo de Rotterdam quando este disse que ninguém é suficientemente bom para pretender ser beneficiário da misericórdia de Deus. Mas Deus, na sua misericórdia, trata o mérito inferior como se fosse mais elevado. Hipóteses. Sei que Erasmo hesitava em condenar qualquer coisa de modo absoluto. Sei que dizia que os luteranos eram piores do que Lutero; que este parecia ortodoxo em comparação com os extremistas; sei que procurava sempre conduzir controvérsia de maneira a nunca perder um amigo. Além da amada aquela que levantou âncora, perdi muitos amigos. Mais comovente deles foi aquele cujo avô morreu aos cento e dois anos. Pensando em nossas longas intermináveis conversas peripatéticas entre ele, amigo, e eu, posso, mais de dez anos depois, concluir que ele teve, durante quase quatro décadas, debaixo do mesmo teto o seu Erasmo de Rotterdam: sábio, erudito, sempre procurando inquietar a consciência dos poderosos. Depois da morte, neto falava do avô com voz de quem está sob os escombros da Biblioteca de Alexandria. Sim: líquido escorre saindo debaixo da saia da mulher-molusco — agora de cócoras. Maltrapilhos, fedentinosos, não somos mais acolhidos por nada-ninguém. Apenas as praças são nossos banheiros e salas e quartos e quintais — todos igualmente a céu aberto. Continua de cócoras. Chora. Tristeza infinita. Mãe dela aquela que levantou âncora disse certa vez para a própria filha: *Você não tem o direito de ficar triste.* Amada sempre dizia que vida toda caminhou de mãos dadas com a inquietude existencial. Enamorou-se da melancolia. Disse-me também, depois de muitos anos de convivência: *Você não me conhece.* Desculpei-me: *Se eu a conhecesse, enlouqueceria.* Impossível entrar na alma de quem já abanou moscas sobre rostos e mãos e braços e pernas de cancerosos envergonhados da própria podridão; impossível entrar na alma de quem já entrou na morte de uma criança. Foi há muitos anos. Menino nos últimos arquejos. Baixa imunidade. Determinada manhã, amada imortal atendeu seu último pedido: caminhar no corredor do andar do hospital em que estava internado. Pai foi junto segurando filho — enquanto ela carregava lentamente tripé de apoio do soro. De repente, paciente infante, extasiado, apontou para parque de diversão que só ele conseguia vislumbrar. Estava noutra dimensão. Amada olha para o pai, dizendo-lhe, telepática: *Está na hora de deixá-lo partir; chega de tanto sofrimento. Antes, vamos entrar no parque com ele.* Menino descreve-o em detalhes dizendo, inclusive, que as outras crianças não estavam tão pálidas. Pai, sempre emudecido, disfarça o pranto. Doutora murmura: *Amar é saber perder.* Menino desliza-se lento sobre o tripé. Morre. Pai abraça filho, são abraçados pela médica oncologista — minha amada imortal. Se eu a conhecesse, profundamente, enlouqueceria. Se ela não voltar — também. Veja: mulher-molusco levanta-se deixando para trás poça de urina. Miseráveis. Somos todos igualmente miseráveis. Ea tela texitur — É este tecido que estamos tecendo. Sim: entrou na caixa outra vez. Plangência agora chega sufocada. Dor desamparada na clausura. Veja: maltrapilho alcoólatra de rosto intumescido dorme no mesmo espaço de chão no qual caiu. Cachorro esquálido acomoda-se ao seu lado. Possivelmente entra nos sonhos do amigo. Cão da tribo dos kazares. Gostaria de interferir nos pesadelos dela mulher-molusco para aquietar seus sonhos tormentosos. Durante as horas de vigília sei que é impossível: arredia demais. Menino-borboleta consegue aproximar-se apenas até o pórtico de sua alma. Sim: andarilho; é andarilho também. Dia todo caminhando pelas ruas do centro desta metrópole apressurada. Possivelmente para fugir do passado; eu, para reencontrar-me com o tempo pretérito;

recuperar as folhas destacadas do calendário quando estava ao lado da amada aquela que levantou âncora. Ando tempo inteiro sem abrir mão dele meu olhar periscópico. Vou encontrá-la. Veja: helicóptero. Talvez esteja dentro acompanhando paciente cuja família ainda não foi confinada na desesperança. Hipóteses. Talvez esteja empurrando filho de quatro cinco anos numa gangorra qualquer. Não pude realizar seu desejo materno: impotência. Vida toda fui impotente para outras tantas coisas. Talvez ela esteja agora espantando moscas sobre corpos carcomidos. Volte, amada imortal: também me desfaço dormindo sobre este tatame nas noites geladas desta metrópole apressurada. Volte trazendo meu cheiro primevo de alecrim. Volte para deslizar outras tantas vezes seus dedos-pluma sobre todos os cantos do meu corpo. Talvez tenha morrido. Sua alma possivelmente esteja dentro daquele cachorro esquálido. Hipóteses. Dia desses pensei: Acho que ela nunca existiu: é apenas filha adotiva do meu destrambelho. Ato contínuo suprimi dúvida sentindo seu perfume de alfazema. Loucura pode inventar muita coisa, menos o aroma — odor deleitante que a saudade vivifica. Veja: menino-borboleta voltou bem mais cedo trazendo lanche para mulher-molusco que sai de dentro da caixa. Parece faminta. Ele assiste de cócoras a amiga devorando recheado sanduíche. Demonstra ternura. Gosta dela — mistura de mãe amiga irmã amante. Acontece com todos nós. Criamos heteronimia entre aspas para pessoas queridas. Aquele cujo avô morreu aos cento e dois anos era meu amigo meu filho meu irmão. Impossível amar apenas uma pessoa numa só. Amada imortal é uma multidão. Sim: menino-borboleta tenta limpar com guardanapo molho que escorre no queixo da mulher-molusco. A-hã: afasta a cabeça desaprovando cavalheirismo inconveniente. Ser imprevisível. Vítima constante do nolens volens. Ele insiste segurando nuca da pobre-diaba com palma da mão esquerda. Limpa. Riso dela é contrafeito, constrangido. Sempre se entendem — de um jeito ou de outro. Menino fedentinoso limpando parte do rosto de mulher fedentinosa in totum. São as surpreendências da vida. Sua obra máxima — *Elogio da loucura* — é uma sátira à hipocrisia religiosa e ao fanatismo e aos sofistas e aos advogados e aos vaidosos e aos ambiciosos e aos egoístas. Estou falando dele Erasmo de Rotterdam. Ao contrário de Maquiavel, sustentava que o príncipe não pode colocar-se acima das leis. Veja: menino-borboleta saiu outra vez. Veio apenas para trazer sanduíche. Preocupa-se com ela. Adoção mútua: um cuida do outro — dentro do possível. Ambos sabem que foram adotados pelos deuses das impossibilidades futuras. O amanhã deles tem o tamanho do sorriso tênue dela. Maltrapilhos alcoólatras também morrerão logo. Aquele de rosto intumescido possivelmente será o primeiro a ser recolhido pelo barqueiro Caronte — que se aproxima a todo vapor. Não é por obra do acaso que não me misturo à farandolagem: não quero atrair mais ostras para meu rochedo de perdas. Vivo arredio. Gasto apenas palavras necessárias à sobrevivência. Estou surpreso com esta extravagância vocabular matinal. O senhor sabe puxar o verbo do fundo do poço do interlocutor. Estou gastando numa única manhã o que economizei década inteira. Gosto deste momento catártico. Precisava de alguém para abrir as comportas deste dique autocomiserativo. Ouvir som das próprias palavras é possivelmente a melhor das terapias. Desabafo afugenta destrambelho in totum. Pelo jeito, silenciei-me o bastante para estocar contêiner inteiro de palavras. Sei que elas surgem a flux. Precisava deste destempero verbal. Conversava horas seguidas com ela amada aquela que levantou âncora. Discutíamos sobre quase tudo — menos para determinar quantos anjos caberiam na ponta de uma agulha. Diálogos infindáveis. Sempre entrávamos no beco sem saída do niilismo. Vocábulos já inventados não são suficientes para a feitura de epopeia que dê conta de todas as inquietudes da alma. Dialogávamos apenas para driblar o tédio. Sócrates possivelmente também. A verdade talvez esteja dentro de cápsula que só os mortos podem ingerir. Vivos, não conseguimos fisgar as respostas para todos os porquês — com as quais talvez pudéssemos montar o mosaico da verdade. Hipóteses. Viu? A-hã: maltrapilho cabisbaixo toma da mão do acompanhante caco de espelho ameaçando cortar próprio pulso. Ouviu? Sim: barbudo grisalho argumentou, incisivo: *Se você quer testemunha para sua morte — conte comigo. Antes, preciso dizer que não sei determinar quem é mais covarde: o que mata o outro, ou aquele que mata a si mesmo.* Veja: pobre-diabo devolveu caco de espelho ao dono. Chora, cabisbaixo. Amada imortal estivesse aqui conversaria horas seguidas com ele: nunca deu as costas às inquietações alheias. Genus humanum da ordem dos adjutorius. Miseráveis. Somos todos igualmente miseráveis. Já pensei em cortar a teia da própria vida. Há momentos em que cerco do desespero impossibilita esquivez. Difícil manter-se sob o peso descomunal do desalento in totum. Maltrapilho de barba branca continua orientando-se pelo reflexo do caco de espelho para arrancar aos poucos imundícies encastoadas nos pelos sobre o rosto. Fedentinoso vaidoso. São as surpreendências da vida. Difficilia quae pulchra — O que é bonito custa esforço. Espelho improvisado agora reflete herói que impediu amigo de se matar. Reflexo não é só de sujidade. Mostra também olhar altivo. Fosse Erasmo de Rotterdam diria: carpe diem. Sei que se orgulha da própria atitude. O outro, envergonhado, cabisbaixo, possivelmente gostaria de cavar ali sua própria cova. Olhando para ambos sobre o mesmo banco surpreendo-me jeito nenhum: heroísmo e covardia sempre ocuparam o mesmo espaço. Já chegamos ao mundo atafulhados de contrários heraclitianos. Sei que a completitude não é privilégio humano — ainda que a deusa da vaidade às vezes nos faça divergir com veemência desta afirmativa. Desprovidos. Somos todos desprovidos da perfeição do ser absoluto; símios sofrendo evoluções parcimoniosas. Não é por obra do acaso que explodimos uns aos outros desde tempos imemoriais. Sem excluir aqueles (feito ele maltrapilho alcoólatra de rosto intumescido) que explodem a si mesmos — tendo possivelmente motivos de sobra para tal. Sei que somos incompletos. Eu, em acentuado relevo: perdi minha metade — que já era inconclusa por si mesma. Ela virá eu sei. Ouça: sinos de igreja. Possivelmente seus ouvidos também estejam se deixando envolver pelo mesmo som eclesiástico. Talvez esteja tocando-os para anunciar triunfal a própria chegada. Sei que está em algum lugar deste quadrilátero: sinto seu cheiro de alfazema. Veja: estas mãos hoje fedentinosas já acariciaram sem afoiteza todo o corpo perfumado da amada imortal; cheiroso e macio e aveludado. Mãos que apesar da crosta endurecida pela imundície ainda sentem o tocar de leve, brando, dos pelos eriçados dela. Mãos ferruginosas clamando aproximação suave daquele corpo que espalhava perfumes. Veja: sujas, inúteis. Não apertam outras mãos desfazendo-se em cumprimentos há muito tempo. O senhor é testemunha parcial desta afirmativa: assim que chegou disse *olá* mantendo-se até agora respeitável distância. Entendo: tristeza chega apenas quando chamo à memória antigo cheiro de alecrim. Amada imortal foi quem primeiro farejou este aroma visitando todos os cantos do meu corpo. Gostava de ouvi-la sussurrando, excitada: *Você cheira a alecrim*. Noite dessas sonhei com mulher de rosto desconhecido; voz era dela amada que levantou âncora dizendo: *Nunca existi*. Acordei espavorido. Cantei *My funny Valentine* horas seguidas até espantar privação do sono. Entristeço também quando não consigo feito agora desenhar na memória rosto verdadeiro de minha amada imortal. Destrambelho possivelmente aproximando-se da totalidade. Loucura in totum trazendo quem sabe deslembrança plena. Melhor assim. Desvario chegando de vez, vida poderá ser reinventada pelos deuses da alucinação. Hipóteses. Sei que ainda trago de cor refrão ela virá eu sei. Veja: mulher-molusco chora. Erasmo de Rotterdam estivesse presente diria que a ajuda e a certeza de consolação eterna estarão ao nosso alcance quando Deus apagar todas as lágrimas dos nossos olhos. Ela, pobre-diaba, possivelmente a mais triste das figuras desde sempre aparecidas na Terra, com certeza faria ouvidos moucos. Ele insistiria — mesmo sabendo que é muito mais fácil obrigar pela força do que persuadir pela palavra; muito mais simples destruir o corpo do que converter o espírito. Hipóteses. Nunca estará ao seu lado: morreu há séculos — 1536. Comovente sua declaração quando soube do falecimento do amigo Thomas More: *Com a sua morte, sinto-me morto.* Tive boas amizades; não posso me queixar. Lembro-me dele amigo professor erudito especialista em padre Vieira. Mordaz. Recebeu certa vez originais de romance cujo autor havia manifestado num jantar admiração irrestrita por aqueles críticos americanos — que não economizam nos MAGISTRAIS e MAGNÍFICOS e ESPLÊNDIDOS. Tempos depois envia carta ao autor; antes de apontar inúmeras falhas, inicia missiva com seguinte comentário: *Magnífico! Magistral! Agora, vamos falar do livro.* Veja: maltrapilho cabisbaixo que manifestou desejo de cortar a teia da própria vida sai devagar. Sozinho talvez atinja seu objetivo extremo. Possivelmente resolva deixar que o frio o desamparo a miséria sigam a ordem natural das coisas — encarregando-se em breve desse propósito extremoso. Sei que segue arrastando o próprio desamparo. Sei que ao contrário dele aferro-me na aspiração de reaver amor dela aquela que levantou âncora. Esperança é minha blindagem contra a loucura in totum o desespero absoluto a desistência definitiva. Ouviu? Não? Entendo: apenas minha conjectura provável possibilita audição de pássaro ali na árvore trinando *My funny Valentine*. Passeriforme da ordem dos chetibeiquianos. Sei que seu regorjeio-acalanto acalenta-me. Sinto que todos os pássaros e todos os sinos e todas as sirenes desta metrópole apressurada manifestam-se solidários anunciando para minha amada que ainda estou vivo; que ainda ando a trouxe-mouxe pelas ruas carregando tatame a tiracolo. Sei que pobre-diabo retira-se devagar. Cabisbaixo. Vida fica mais pesada quando possibilidade é nenhuma; quando nada mais tem significância quando nossa respiração torna-se fardo — desnecessária. Possivelmente seja melhor mergulhar-se no Aqueronte por conta própria. Hipóteses. Sei que agora se desprendeu das algemas morais do amigo; que agora poderá dispensar a ajuda espontânea do frio do desamparo da miséria — para morrer. Sei que amada imortal estivesse aqui conversaria horas seguidas com ele maltrapilho cabisbaixo — mesmo sendo apenas para concluir, serenos, em conjunto, que suicídio poderia sim ser solução sensata. Hipóteses. Sei que não vou me matar: ela virá. Único receio é que chegue pouquinho depois da chegada do destrambelho in totum — quando eu já estiver confundindo alecrim com arlequim; quando loucura empurrar-me para dentro das águas do Letes; quando os anjos neutros guardarem silêncio para sempre. Ela virá eu sei. Este refrão não nasceu para sofismar esperança com tatibitate rítmico. É mantra consubstanciado na crença sagrada da materialização do reencontro; cantilena antidesencanto in extremis. Ela virá eu sei. Ouviu? Não? Entendo: apenas o olhar da saudade que se mantém viva década inteira pode ver centenas de anjos neutros sobre as folhas dos galhos da árvore — na qual pássaro chetibeiquiano entoa seu canto personalizado. Saudade, quando ultrapassa as colunas de Hércules, dá formato octangular à nossa audição, ao nosso olhar. São as surpreendências da vida. Vejo tempo todo nos becos escuros desta metrópole apressurada silhueta dela amada imortal nascendo da sombra dos vagalumes cujas luzes se revezam entre milhares deles. Quando ultrapassa as colunas de Hércules, saudade autoriza poder alucinatório àquilo que ela mesma transforma em oito ângulos. Às vezes recebo sinalizações confusas dentro de sonhos enigmáticos. Noite dessas sonhei com maltrapilho alcoólatra de rosto intumescido dizendo-me, dificultoso: *Ela vai chegar antes da chegada de minha morte*. Num átimo, rosto dele transformou-se no rosto da mulher-molusco, afirmando, categórica: *Mentira. Voltará nunca-jamais.* Acordei atordoado. Não consegui dormir outra vez. Veja.

A-hã: olheiras. Voz ainda rouca de tanto cantarolar *My funny Valentine*; de tanto falar a flux com o senhor. Palavras fluem retilíneas feito grão de areia em ampulheta. Tempo segue célere. Parece que amada imortal deixou bilhete elíptico ACABOU-SE: ADEUS há dois três anos — se tanto. Sim: na realidade, década inteira deitando poeira nos olhos do destrambelho in totum com refrão alentado de esperança: ela virá eu sei. Não vou perdoá-la pela incompletude do ato: descuidou-se do tiro de misericórdia. Hipóteses. Esperança grande demais arrefece rancor. Veja: um dos maltrapilhos alcoólatras é vítima da tosse compulsiva. Infecção pulmonar possivelmente chegando a passos largos. Miserável. Somos todos igualmente miseráveis. Omnia idem pulvis — Tudo é o mesmo pó. Considerado o primeiro intelectual moderno, tentou influenciar reformar capacidade intelectiva da sociedade, trabalhando na sombra de líderes eclesiásticos e políticos. Estou falando dele Erasmo de Rotterdam — que considerava o platonismo a mais alta realização da sabedoria natural. Ouça. A-hã: tossindo muito. Possivelmente tuberculose. Possivelmente não estará vivo quando meu grande amor voltar. Possivelmente vai morrer amanhã de manhã. Hipóteses. Sei que amada imortal está a caminho. Talvez chegue ainda hoje — antes do anoitecer. Ou daqui a pouco — dez quinze minutos se tanto. Talvez traga para nosso café da manhã biscoito qualquer preparado com castanhas, ou amendoins, ou amêndoas, ou nozes — sabe que gosto de esquisitas gulodices. Talvez esteja agora na confeitaria mais próxima. Possivelmente sabe que estou conversando com o senhor debaixo deste viaduto. Reconheceu-me ao passar do outro lado da rua. Não quer chegar de mãos vazias: generosa, sempre generosa. Possivelmente trará guloseimas para a farândola toda. Maltrapilho alcoólatra de rosto intumescido cantará ato contínuo, cambaleante: *Tire o teu sorriso do caminho que eu quero passar com a minha dor*. Hipóteses. Sei que está na região central desta metrópole apressurada. Ouça: é o ploque-ploque do sapato dela. Entendo: apenas o poder auditivo xamanístico da saudade é capaz de perceber sensações com observância rigorosa — independentemente dos tantos e tantos quarteirões de distância. Tal sentimento mais ou menos melancólico de incompletude é igualmente sensível às impressões auditivas e visuais. Quando segue sua trajetória determinada previamente pelo desalento, saudade restitui parte do dano trazendo com frequência sons e cheiros pretéritos cuja validade se recusa, para o próprio bem, derrotar numa controvérsia. Sei que, além do ritmo onomatopaico do seu caminhar, sinto aroma alfazemado dela amada aquela que levantou âncora. Desrazão possivelmente enviando trailer do destrambelho in totum. Hipóteses. Sei que tudo é paulatino — inclusive a loucura. Amada imortal também está chegando paulatinamente — há dez anos. Cheiro e voz já chegaram. Reconforta-me ouvir sua inflexão, sentir sua essência. Incontáveis vezes ouvi seu apelo vindo não se sabe de onde: *Cuidado, meu amado, não durma debaixo desta marquise: rachaduras excessivas*. Ou: *Evite entrar neste beco: maltrapilhos maldosos podem levar seu tatame.* Tivesse predisposição para percorrer veredas místicas poderia afirmar que se transformou depois de morta nele meu anjo da guarda. Sei que resvalaria em erro: é minha amada imortal Está viva. O senhor possivelmente esbarrou nela numa esquina qualquer. Rosto claro, arredondado. Olhos azuis — enormes. Tem minha estatura — quando está descalça. Próxima vez fique atento: alfazema. Cheira a alfazema. Podendo, diga-lhe que estou vivo; fedentinoso, maltrapilho, a poucos passos do destrambelho in totum — mas vivo; que ando a trouxe-mouxe pelas ruas do centro desta metrópole apressurada. A-hã: tatame a tiracolo. Diga-lhe tudo isso — por favor. Podendo, diga-lhe mais: que não esqueci suas risadas gostosas que lembram certas músicas a lufa-lufa de Johnny Mercer; que ainda sinto a maciez dos lábios dela deslizando-se suaves sobre os meus. Ouça: tosse continua. Possivelmente vai morrer ainda hoje; explodirá antes do anoitecer. Miserável. Somos todos igualmente miseráveis. Morte talvez seja solução sensata para farandolagem toda. Tempos atrás pensei em organizar suicídio coletivo. À meia-noite em ponto. Cada um se mataria à sua maneira. Cidade amanheceria cheia de maltrapilhos mortos por todos os cantos. Hipóteses. Sei que ideia seria rejeitada in totum: nosso apego à vida independe da constatação de sua ruindade. Nascemos com insígnia esperançosa — fio ao qual nos apegamos para suportar esta coisa fatalista que chamamos vida. Esperança é nossa linha arrebentando-se sempre no meio do labirinto. N poderia ser também a penúltima letra do nome de minha amada imortal: Ariadne. Sei que maltrapilho alcoólatra de rosto intumescido tosse muito. Pulmão explodirá primeiro; depois, o resto — paulatinamente. Ouça: sino de igreja tocando outra vez. Sinto-me dentro de um livro de Juan Rulfo — diria amada aquela que lançou âncora. Deus gravou com seu dedo moral eterna da humanidade, uma consciência que não se perdeu, apesar de onerada pelo peso do pecado — disse Erasmo de Rotterdam. Provável existência de Deus é consequência de pensamento megalômano. Sinos ainda tocam. Anunciam chegada dela amada imortal — cuja primeira reação será dizer, alto e bom som: *Insólito; você é insólito*. Depois riremos — como sempre. Posso incorrer em contradição dizendo que a despeito da melancolia congênita, riso dela é frouxo — gostoso de se ouvir. Contraditório, sim: nunca se sentiu confortável dentro da própria vida; dificuldade de se ajudar sempre caminhou no sentido oposto à sua desenvoltura em auxiliar os outros. Amargura encastoada em todos os cantos possíveis da alma. Disse-me inúmeras vezes: *Não é nada com você, meu amado, sou eu mesma — ser humano deslocado nas coisas do mundo*. Jamais consegui tirá-la dessa areia movediça torturante cuja fundura nunca permite afogamento pleno. Sei que é difícil (quase impossível) para a própria pessoa dissipar sozinha essas inquietudes camufladas num canto qualquer dos porões da alma. Sei que nesses momentos não havia outra alternativa senão ato contínuo entristecer-me também — solidariedade melancólica. Já pensei em subir às escondidas na torre da Catedral para (a exemplo de Quasímodo) tocar ininterrupto todos os sinos disponíveis — confundindo ouvintes com desarranjos sonoros. Hipóteses. Por enquanto, deixo rastros espalhando Ns nos espaços vazios dos postes e paredes desta metrópole apressurada. Procura silenciosa sustentando-se na logomarca do amor perdido Ela virá eu sei. Poderá não ser nesta semana. Sequer na outra. Pouco importa: tenho esperança sobrando para abarrotar contêineres. Poderá ser mês que vem numa tarde chuvosa qualquer. Possivelmente chegará encharcada: sempre considerou guarda-chuva acessório incômodo. Talvez chegue logo cedo, numa manhã luminosa, céu azul-claro harmonizando-se com os olhos dela. Hipóteses. Sei que virá. Tosse continua. Falo dele maltrapilho alcoólatra de rosto intumescido. Morrerá logo. Hoje talvez. E terra spectare naufragium — De terra, observar o naufrágio. Veja: mulher-molusco carrega água num copo plástico sujo encontrado no chão. A-hã: torneira no canto da praça. Aproxima-se dele maltrapilho alcoólatra de rosto intumescido que recusa gentileza empurrando braço espargindo água em ambos. *Odeio todos vocês* — ela grita desta vez sem muita convicção. Maltrapilho mal-agradecido ri, cambaleante. Ainda tosse. *Odeio todos vocês* — repete agora convicta. Veja: caiu — sem abrir mão do riso nem mesmo da tosse. Patético — somos todos igualmente patéticos. Pobre-diaba senta-se outra vez de cócoras ao lado da caixa de papelão. Chora. É talvez a mais triste das figuras desde sempre aparecidas na Terra. Mais uma criatura que não deveria ter vindo. Sim: ao mundo. Vida desnecessária, sem sentido, *débâcle* congênito. Deuses dos desajustes exagerando mais uma vez nos procedimentos ardilosos; interferindo implacáveis no roteiro das Fiandeiras. Veja: maltrapilhos alcoólatras deitados uns sobre os outros — entulho humano. Vidas apodrecendo¯se a céu aberto. Espetáculo dantesco Destrambelho in totum já poderia ter lançado âncora se eu não soubesse me concentrar em recordação. Vi vivi muitas coisas em dez anos de andança a trouxe-mouxe pelas ruas desta cidade apressurada; muitos tenebrosos fatos que mergulho no esquecimento chamando à memória amada imortal. Agora, por exemplo, lembro-me dela ensaboando minhas costas debaixo do chuveiro. Desleixado demais, você é muito desleixado — dizia, quase tirando sangue da pele. Amenizava com beijos sobre as partes inflamadas pelo contato das fibras. Excitação inevitável provocando sempre intervalo de improvisações prazerosas. Éramos talvez felizes — até o dia em que deixou bilhete elíptico sobre criado-mudo: ACABOU-SE; ADEUS. São as surpreendências da vida. Possivelmente apaixonou-se por alguém menos insólito, mais higiênico. Hipóteses. Sei que somos reféns da própria inquietude. Muitas vezes saímos mundo afora procurando tesouro que está enterrado em nosso próprio quintal — feito história das *Mil e uma noites*. Versão Sherazade termina bem. No mundo real quando tornamos viagem encontramos tesouro nenhum — sequer casa nem mesmo quintal.

Não vai acontecer comigo: ela virá eu sei. Poderá demorar outra década — não importa. Especializei-me no ofício de expectar. Hoje sou aguardador profissional. Segredo está na fusão esperança-abstraimento. Sei distribuí-los equânimes sobre os dois pratos da balança. Ao contrário desta manhã, às vezes fico dia todo sem me lembrar de minha amada imortal. À noite, sobre o tatame, impossível não ficar frente a frente com primeira letra do nome dela. Detestava discórdia. Não sei se qualquer das partes pode ser suprimida sem um sério perigo de aniquilação — ele dizia. Sim: Erasmo de Rotterdam — o mesmo que colocava acima de tudo independência intelectual e liberdade de espírito; que acreditava nas possibilidades de a razão humana distinguir com clareza entre bem-mal; que colocava no livre-arbítrio de cada um fonte de todo autêntico pensamento religioso e opção moral. Ainda tosse. Sim: maltrapilho alcoólatra de rosto intumescido. Ainda bebe. Não abre mão da garrafinha bojuda de cachaça. Veja: estão aparentemente desmaiados uns sobre os outros. Certo é que nunca param de ingerir alternados tal aguardente — primum móbile do delirium tremens. Farandolagem quase toda consegue jeito nenhum viver na rua sem estímulo de bebida qualquer de elevado teor alcoólico. Difícil enfrentar, lúcido, derrocada in totum. Resta perspectiva das alucinações terrificantes. E a certeza do intumescimento precoce. Mulher-molusco pelo jeito não precisa lançar mão de recursos etílicos: tristeza extrema encarrega-se de transportá-la para o alucinante introspectivo mundo da melancolia suprema. Também não preciso: refugio-me na esperança — ilusão líquida de aparência sólida. Assim vamos, cada um à sua maneira, esperando chegada do barqueiro Caronte. Veja: outra volta inesperada. Sim: menino-borboleta. Jornal debaixo do braço. Vai pedir ajuda à mulher-molusco, que ficará lendo em voz alta para ele — inteligente, apesar de analfabeto. Pronto: pousou a cabeça sobre o colo da amiga. Ambos, seres agora liliputianos, viajarão mundo afora num pequeno barco de papel noticioso. Leitura é lenta, claudicante, tropeços amiúde: mulher-molusco é vítima da miopia — além da pouca escolaridade. Não importa. Ouça: riem. Possivelmente divertem-se com previsão paradisíaca do horóscopo de um deles. Omnia esculenta obsessis — Para quem está sitiado, tudo é alimento. Sim: menino-borboleta exige que maltrapilho alcoólatra de rosto intumescido vá tossir noutra praça qualquer: está atrapalhando sua noticiadora. Pobre-diabo beberrão cantarola: *Mas levar essa vida que eu levo é melhor morrer.* Influente infante desiste: balança a cabeça concordando com sugestão da letra. Casal entre aspas ficará manhã quase toda nesse entretenimento informativo. Desvalidos generosos: preocupam-se com o mundo que não se preocupa com eles. São as surpreendências da vida. Veja: menino-borboleta ficou de repente contemplativo. Possivelmente soube da possibilidade real do prolongamento da vida humana substituindo por células novas aquelas que estão morrendo. Tal ironia desta vez não provoca risos. Hipóteses. Sei que ouve atento mulher-molusco decifrando hieroglifos com sua tartamudez. Está interessado nos acontecimentos. Ela não. Pobre-diaba é qualquer coisa pouco além de um ectoplasma. Lê para atender curiosidade do influente infante. Talvez sequer escute as próprias palavras. Promessas astrológicas, células-tronco — nada mais poderá aplacar sua tristeza suprema, infinita. Ao contrário dele maltrapilho alcoólatra de rosto intumescido, sei sinto pressinto que ela ainda viverá alguns anos; que está distante o momento da chegada dele Psicopompo — para acompanhar sua alma até o reino dos mortos. Apesar de triste, franzina, possui possivelmente o irônico privilégio da longevidade. Hipóteses. Sei que continua soletrando remorosa palavra por palavra. Veja: menino-borboleta agora sentado naquela posição — apoiando queixo sobre punho direito fechado — parece um hominídeo pensante. Possivelmente ouviu amiga noticiando vagarosa que três mil pessoas por dia cometem suicídio em todo o mundo. Organização Mundial da Saúde (tenho certeza) ignora os maltrapilhos alcoólatras de rosto intumescido: não cortam num átimo teia da própria vida: pertencem ao grupo dos suicidas graduais vivendo à margem das estatísticas. Pensei em me matar nesses anos de andança a trouxe-mouxe pelas ruas desta metrópole apressurada. Ignoro se Erasmo de Rotterdam jogava foco de luz do *Não matarás* inclusive sobre os suicidas — feito santo Agostinho. Sei que estou em harmonia com David Hume quando diz que o quinto mandamento visa claramente a excluir a morte do outro — sobre a vida de quem não temos autoridade alguma. Acredito que o suicídio não é questão ética, sequer religiosa. Não me matei ainda porque tenho medo da morte. Possivelmente sou covarde. Amada imortal sempre disse ter nascido preparada para morrer. Não é por obra do acaso que se embrenhou pelas veredas oncológicas. Especializou-se em cerrar pálpebras mortas. Saudade às vezes dói demais — feito agora. Percebo que o senhor consegue ver (mesmo desta distância) meu lacrimejamento repentino. Ela virá eu sei. Possivelmente esteja saindo agora de uma UTI — movendo cabeça de um para outro lado diante de parente inconsolado qualquer. Hipóteses. Dorme outra vez. Sim: maltrapilho alcoólatra de rosto intumescido. Possivelmente seus pesadelos vivificam as telas de Bosch. Sei que possibilidade dele pobre-diabo acordar nunca-jamais é aceitável. Sei também que seu sono eterno não terá o narcisismo mitológico de Endimião. Veja: mulher-molusco interrompe leitura. Boca seca. Pronto: bebe água. Menino-borboleta recosta outra vez a cabeça no colo da amiga. Cochilo será inevitável assim que chegar ao caderno político. História se repete: antigos mártires martirizam agora antigos adversários. Ainda está atento. Esboça sorriso. Possivelmente tem notícias detalhadas do bom desempenho de seu time na noite passada. Hipóteses. Mulher-molusco retoma leitura maquinal, automática. Estou no mundo, mas não sou do mundo — parece dizer com seu olhar gnóstico. Não sei se Erasmo de Rotterdam concordaria com aqueles sectários do gnosticismo quando (dez séculos antes dele) afirmavam que vivemos sob o signo da corrupção e da carência; que nos falta tudo, principalmente a verdade, que ficou solitária nas alturas do hipermundo. Sei que parou de tossir. Sim: maltrapilho alcoólatra de rosto intumescido. Melhor ainda se parasse de viver. Dádiva dos deuses dos desvalidos. Sairia do estatuto do quase nada para a condição do nada absoluto. Autor do *Elogio da loucura* estivesse presente lançaria mão ato contínuo do adágio Vocatus atque non vocatus deus aderit — Chamado ou não, Deus estará presente. Diria nada: lutaria talvez contra Erasmo negando-o — pelo silêncio. Ele quem sabe apenas diria elíptico feito minha amada imortal: *Insólito; você é insólito.* Possivelmente eu lançaria mão de outra categoria de mudez, sem altiveza — resultado de minha subserviência congênita. Hipóteses. Sei que saudade às vezes provoca lacrimejamentos ad arbitrium. Agora há pouco chamei à memória cheiro alfazêmico do corpo dela aquela que levantou âncora. Desespero ultrapassa as colunas de Hércules quando penso na remota possibilidade de nunca mais ficarmos nus — um ao lado do outro, juntos pela adesividade dos suores mútuos. Abraço descomprometido com a dissimulada mas verdadeira obrigatoriedade do gozo recíproco. Ela virá eu sei. Deitaremos juntos outras tantas vezes. Nus. Horas seguidas entretecendo nossos suores — ficando o coito propriamente dito para as calendas gregas. Fazíamos amor, sempre; sexo, vez em quando. Nossos intermináveis diálogos na cama também eram desprovidos de qualquer vestimenta: conversa franca, nua, crua. Sempre. Franqueza atingiu expoente quando se metamorfoseou num bilhete elíptico: ACABOU-SE; ADEUS. Digo repito: não era longo feito sabre. Tinha a concisão do punhal. Chorei — feito agora. Minto: naquele dia, (depois de tanto chorar) pensei que verteria lágrimas para sempre. Agora, apenas lacrimejo — de saudade; antes, chorei a dor indizível do abandono súbito. Veja: mulher-molusco joga jornal no chão. Afasta-se bruscamente. Desentendimento nítido. Influente infante rasga furioso uma a uma todas as páginas. Maltrapilhos alcoólatras aplaudem. *Odeio todos vocês* — grita nossa Medeia maltrapilha do outro lado da praça. Patéticos — somos todos igualmente patéticos. Sim: menino-borboleta bateu-se em retirada — possivelmente para não bater na mulher-molusco. Amam-se — cada um à sua maneira. São as surpreendências da vida. *Odeio você também.* Sim: apontou sem muita convicção para influente infante que virou a esquina eclipsando-se. Veja: maltrapilho chega trazendo rádio enorme sobre ombro direito. Aproxima-se da farandolagem. Levantam-se, cambaleantes. Ciranda dos desvalidos. Dono do aparelho mostra-se eufórico com receptividade da plateia — apesar do entorpecimento etílico. Gesticula braço esquerdo regendo couro dos maltrapilhos alcoólatras. Opertet remum ducere qui didicit — Deve dirigir o remo quem aprendeu a remar. Veja: *Odeio todos vocês* — pode-se deduzir pela leitura labial. Sabemos que vociferações dela mulher-molusco serão inúteis — pelo menos enquanto volume do rádio se mostrar altissonante. Sei que espetáculo continua. Maltrapilho alcoólatra de rosto intumescido caiu rolando pequena encosta abaixo. Espetáculo grotesco: pensam que cantam; pensam que dançam. Apenas cochinam, cambaleantes. Patéticos — somos todos patéticos. Cada um à sua maneira. Erasmo de Rotterdam acreditava que há vida post mortem; eu acredito que não há vida sequer antes da morte. *Odeio todos vocês* — continua gritando em vão. Sim: mulher-molusco. Ah, minha amada imortal, tira-me deste sétimo círculo dantesco do qual não consigo sair por conta própria. Tenho força mais nenhuma nem vontade para dissolver minha própria ferrugem meu próprio cheiro repugnante. Quando estamos a poucos passos do destrambelho in totum parece que perdemos o asco o olfato a autoestima. Menos esperança. Coração possivelmente transforma-se numa caixa de Pandora às avessas. Ela virá eu sei. Ouviu? Sim: pequeno conjunto de música popular urbana. Três quatro cinco músicos desafinados anunciando como sempre liquidação no magazine da rua de cima. Fico apreensivo: amada aquela que levantou âncora estivesse aproximando-se do quarteirão ouviríamos som de sinfônica — com todos os músicos e sopranos e contraltos e tenores e barítonos. Pelo jeito está pouco mais distante — noutro bairro talvez. Virá eu sei. Dormiremos juntos outras tantas vezes sobre lençóis e fronhas de linho. Caprichosa, espargia líquido aromático na cama — misturando-se harmonicamente com cheiro alfazêmico do próprio corpo. Ah, amada imortal, tire-me desta solidão metropolitana; destas intermináveis noites tatâmicas; desta tarefa obsessiva pretendendo preencher espaços vazios do centro da cidade com logomarca do meu amor — que também pode ser a primeira letra de natimorto ou nebuloso ou niquilidade. Você desaparecendo de vez não morrerei altivo recitando versos de Dante — feito Mandelstam, nos porões stalinistas. Possivelmente aproveitarei últimos instantes de vida para rabiscar rancoroso um por um todos os Ns desenhados nesta última desesperante década. A razão luta contra as tentações, e as tentações estão em conflito entre si; a modéstia puxa-o para um lado; a cupidez arrasta-o para outro. Além disso as paixões o conduzem, e, uma a uma, a cólera, a ambição e a avidez o dilaceram a seu bel-prazer. Sim: Erasmo de Rotterdam. Criticava minha incapacidade de fazer o possível para me aproximar pelo menos do pórtico de seu lado sombrio. Agora falo dela amada imortal. *Insólito e insensível; você é insólito e insensível.* Silenciava-me. Sempre guardo silêncio diante do inexorável. Década depois concluo que não consigo mergulhar sequer nos subterrâneos de mim mesmo. Nadador que não se aproxima um palmo se tanto mais adiante da parte rasa do rio. Ser-superfície — sou sim. Ela, de natureza oposta, sempre foi dos aprofundamentos. Chamo à memória dia em que afirmou que eu morreria logo; que não aguentaria ver meu desfecho fatal; que não conseguiria cerrar minhas pálpebras. Acho que foi por isso que deixou bilhete elíptico sobre criado-mudo. Hoje comprovo que amada imortal não tem o dom premonitório de Tirésias: ainda estou vivo — apesar dos pesares. ACABOU-SE; ADEUS. Jeito contraditório de sublinhar um grande amor. São as surpreendências da vida. Rádio continua sobre o ombro do corifeu maltrapilho. Ainda dançam e cantam. Sim: maltrapilhos alcoólatras. Parvum parva decent — Ao pequeno convêm coisas pequenas. Mulher-molusco volta; fica de cócoras ao lado de sua caixa de papelão. Contempla páginas picotadas do jornal. Menino-borboleta possivelmente está agora diante de televisor ligado dentro do magazine da rua de cima. Trombone e bumbo e tarol desencontrados talvez estejam impedindo-o de ouvir noticiário da manhã. Hipóteses. Possivelmente planeja roubar radinho de pilha de vendedor ambulante qualquer para acompanhar — sem a ajuda de terceiros — o que acontece no mundo. Tentou uma vez. Falha de dois dentes no maxilar superior não é obra do acaso. Murros pontapés poderiam ter sido fatais sem interferência de circundantes. Nossa origem simiesca manifesta-se in totum quando tentamos fazer justiça com as próprias mãos. É difícil a tarefa de viver — principalmente na rua. Amontoados uns sobre os outros nas praças empregamos com maus resultados qualquer traçado paisagístico. Somos o cancro da estética. Uma vez ouvi senhora idosa dizendo para outra: *Essa gente enfeia demais a cidade.* Esqueceu-se de dizer que a tornamos mais fedentinosa também. Veja: maltrapilho alcoólatra de rosto intumescido não consegue se levantar. Patético — somos todos igualmente patéticos. Amada imortal demorar mais um pouco para chegar pode ser que eu também não consiga me levantar nunca mais. Hipóteses. Ela virá eu sei. Vida ficava menos nublada quando caminhávamos juntos. Possibilidade do tropeço era menor. Há dez anos sou vítima do desequilíbrio, do desafeto. Suor da palma de sua mão parecia substância desinfetante dele meu niilismo. Veja: conseguiu levantar-se. Sim: maltrapilho alcoólatra de rosto intumescido. Não consegue subir pequena encosta. Tenta outra vez. Trabalho de Sísifo. Álcool excessivo possivelmente impossibilita-o de raciocinar: poderia sem muito esforço contornar declive. Sim: lança-se semimorto de bruços no chão. Morte dele talvez já esteja na rua de cima. Amada aquela que levantou âncora possivelmente chega vindo da rua de baixo — mais viva do que nunca. Hipóteses. Há uma década alimento-me de conjecturas. Aventurando sugestões afugento o destrambelho in totum. Viver anos seguidos ao relento é expor-se amiúde à doidice absoluta. Conjecturar para não endoidar. Às vezes percebo que a mente prejudica o bom arranjo. Destrambelhos fogos-fátuos. Doidice ainda administrada pela esperança de reaver amor perdido. Ouviu? Entendo: apenas quem retém em seu poder saudade gigantesca conseguiria ouvir-ver realejo noutro bairro distante desta metrópole apressurada. Consultasse agora pequena ave dos bons presságios sei que bicaria bilhete elíptico-irrefutável: ELA VIRÁ. Veja: mulher-molusco aproxima-se dele maltrapilho alcoólatra de rosto intumescido encostando ouvido sobre lado esquerdo do peito. Agora retira espelhinho arredondado do bolso. Aproxima-o das narinas do moribundo. Move a cabeça de um lado para outro. Levanta-se desconsolada. Morte pelo jeito estava mesmo na rua de cima. Amada imortal pelo jeito não estava na rua de baixo. Mulher-molusco caminha em direção à cabine de telefone público. Tomará providências. Sempre foi — apesar da tristeza infinita — mãe de toda a farandolagem desta praça. Há possivelmente uma epopeia desastrosa por trás de tanta melancolia — sem abrir mão da solidariedade. São as surpreendências da vida. Vai acontecer com maltrapilho alcoólatra de rosto intumescido o mesmo que aconteceu com Mozart: será enterrado numa vala comum. Amada imortal não deixará que façam isso comigo: ela virá eu sei. *Lute pela vida, não pela morte* — disse-me incontáveis vezes. Criatura encantadora de contradição beatificadora: melancólica, não se sente à vontade na vida, mas vive para ajudar o outro a viver mais. Veja: mulher-molusco agora cobre corpo dele pobre-diabo com sobras de jornal. Miserável — somos todos igualmente miseráveis. Sim: cerrou pálpebras do extinto. Vela-o de cócoras. Dançadores alcoólatras ignoram que barqueiro Caronte chegou minutos atrás. Ela mulher-molusco sabe que seria inútil comunicar farândola cambaleante que um deles caiu para sempre: Vitae summa brevis spem nos vetat inchoare longam — A duração breve de nossa vida proíbe-nos de alimentar uma esperança longa. Ainda dançam; ainda cantam. Corifeu maltrapilho continua regendo. *Odeio todos vocês* — pude ler nos lábios dela quando se virou para o co-

[106]

ral etílico. Veja: pelo movimento labial agora podemos afirmar que repreendeu defunto dizendo que o odeia também; que foi indelicado com ela partindo primeiro; que até para morrer os homens perderam o cavalheirismo. A mais triste das figuras desde sempre aparecidas na Terra parece que restabelece o humor diante da morte. Possivelmente sente-se em casa. Tristeza quando ultrapassa as colunas de Hércules deixa-nos tempo todo à beira do Hades. Ajoelha-se. Cabisbaixa, possivelmente reza. Sim: mulher-molusco. Maltrapilho alcoólatra de rosto intumescido talvez esteja aproximando-se da verdade — aquela que conforme os gnósticos fica solitária nas alturas do hipermundo. Hipóteses. Sei que ela reza; eles dançam, cantam, cambaleiam. Estamos todos mortos — cada um a sua maneira. Apenas quando coração para de vez eles funcionários funerários encarregam-se do nosso sumiço in perpetuum. Por enquanto, zumbis metropolitanos — seres que vagueiam a horas vivas. Menino-borboleta, pele espessa, receberá insensível notícia do desfecho fatal dele maltrapilho alcoólatra de rosto intumescido: não gosta de quem luta pela morte. Amada imortal também não. Podemos perder nunca-jamais da memória sua contradição beatificadora. Sei que influente infante moverá músculo nenhum com relato do recente acontecimento fúnebre. Veja: um dos maltrapilhos alcoólatras aproxima-se da mulher-molusco, que diz, elíptica: *Morto*. Pobre-diabo grita: *Morreu; ele morreu*. Os outros vão chegando, dificultosos. Miseráveis — somos todos igualmente miseráveis.

Ficam em círculo diante do defunto. Corifeu maltrapilho aumenta o som. Dançam, cantam, cambaleiam. Réquiem dos desvalidos. Sim: também consegui fazer leitura labial: *Odeio todos vocês.* Diz outra vez para farândola toda: *Odeio todos vocês.* Refrão de inconsistência flagrante: vive acudindo aos apelos dos indigentes à sua volta; sempre auxiliando todos em qualquer contingência. Ser-solidário — apesar do desalento sem fim. Proclamava a importância de uma boa vida como essencial para uma morte feliz. Sim: Erasmo de Rotterdam — correspondeu-se com mais de quinhentas pessoas da maior importância no mundo do pensamento. Ah, minha amada, tire-me de dentro deste quadro boschiano. Maltrapilho alcoólatra de rosto intumescido substancia lista de quase duas dezenas de miseráveis que se despencaram mortos em meu caminho. Álcool e crack e doença infecciosa e assassinato. Não importa o motivo: todos foram jogados prematuros no barco de Caronte. Saíram do estatuto de seres desnecessários para possivelmente a condição do nada absoluto. Hipóteses. Sei que virá; que se aproxima apressurada; que conhece o odor úmido, a escuridão cavernosa do subsolo da tristeza; oncologista que foi além do Hades — rio oceano que circunda o mundo. Ah, minha amada, tire-me do sereno espesso das desesperantes noites de espera; tire-me da borda do destrambelho in totum. Ouviu? Sim: barulho inconfundível de colisão de veículos entre si. Metrópole tem pressa desde cedo; amanhece alvoroçada. Veja: mulher-molusco continua cabisbaixa de cócoras velando defunto. Ela também não existe mais: o que vemos agora é sombra da melancolia; silhueta da desesperança. Corifeu maltrapilho desliga de repente o rádio: percebe que estava fazendo sonoplastia de velório etílico. Retira-se da praça. Alcoólatras carpideiros às avessas afastam-se cambaleantes. Sabem que logo-logo um deles fará companhia àquele extinto de rosto intumescido. Ah, minha amada, tire-me ainda hoje de dentro desta ferrugem fedentinosa — invólucro do corpo que cheirou um dia a alecrim; tire-me do campo de visão dos olhares repugnantes dos transeuntes. Neste nosso mundo farândola há mil vezes mais infortúnios de Édipo que façanhas de Héracles. Veja: camburão chegou para levar corpo dele maltrapilho alcoólatra de rosto intumescido. Mulher-molusco faz sinal da cruz; retira-se a caminho de sua caixa de papelão. Fez sua parte: desamparados nas ruas, qualquer miudeza emocional nos acalanta — mesmo depois de mortos, sendo minimamente velados. Sei que é utópico levar à risca argumento segundo o qual existe, para cada homem vivo, dívida para com todos os homens vivos em razão e na medida dos serviços prestados a ele pelo esforço de todos. Pronto: camburão levantou âncora. Mais nenhum morto oficial na praça — apesar dos moribundos às escâncaras. Uns sobre os outros outra vez. Miseráveis — somos todos igualmente miseráveis. Viveremos pouco. Eu talvez morra de saudade — horas antes da chegada do destrambelho in totum. Hipóteses. Não posso deixar que o desalento exceda a sólida esperança: ela virá eu sei. Vou oferecer mais probabilidades de êxito escrevendo primeira letra do nome dela nos espaços vazios dos aeroportos e estações rodoviárias e ferroviárias e teatros e cinemas e hospitais e representativas praças públicas desta metrópole apressurada. Qualquer momento amada imortal seguirá com os olhos logomarca do meu amor. Amanhã começo projeto grafitante da multiplicação dos Ns. Vita hominis peregrinatio — A vida é uma peregrinação. Gentileza sua prometer trazer-me caixa de lápis de marceneiro. O senhor é muito generoso. Acho que apenas um será suficiente. Os outros recordarão esta manhã de desabafo epopeico. Amada imortal chegará logo. Sei sinto pressinto que poderá ser assim logo que o senhor virar as costas. Talvez chegue pouquinho antes — interrompendo minhas palavras que surgem a flux. Hipóteses. Quem sabe espírito possivelmente restaurador dele maltrapilho alcoólatra de rosto intumescido sirva de bússola para determinar nossos orientes — possibilitando que um fique frente a frente com outro. Saudade quando ultrapassa as colunas de Hércules transubstancia desejos em convicções místicas. Escreveu tratado do livre-arbítrio, contra a doutrina da predestinação, provocando inimizade dele Lutero. Sim: Erasmo de Rotterdam — o mesmo que dizia que beijamos as sandálias dos santos e seus sudários sujos mas desprezamos seus livros, que são suas mais santas e eficazes relíquias. Veja: helicóptero da polícia. Metrópole apressurada já amanhece aos sobressaltos. Pensei meses atrás em simular assalto a banco. Adiantaria nada: amada aquela que levantou âncora possivelmente não me reconheceria em cadeia nacional por trás desta ferrugem. Nesses dez anos de madrugadas tatâmicas minha voz também perdeu originalidade: rouquidão crônica. Envelheci meio século numa década. Esperança, sim, sempre rejuvenescedora. Ela virá eu sei. Chegará antes da chegada inexorável da morte prematura deles maltrapilhos alcoólatras ali dormindo uns sobre os outros. Possivelmente sou vítima do terceiro tipo de loucura que nos falou Sócrates: a loucura poética, inspirada pelas Musas. Hipóteses. Sei que há dez anos oponho resistência ao destrambelho in totum alimentando possibilidade de reaver amor perdido. Impossível esquecê-lo: primeira letra do nome dela amada imortal gravada na parte norte do tatame é logomarca mnemônica. Anoiteço-amanheço contemplando o N — meu crepúsculo minha alvorada. Ela virá eu sei. Este estribilho vivifica os intermitentes desfalecimentos da espera. Veja: menino-borboleta voltou de repente outra vez. Sim: rádio portátil. Parece que agora foi bem-sucedido em seu empreendimento sub-reptício. Lépido fagueiro mostra aparelho para mulhermolusco. Pelo olhar desconfiado, não aprovou — mesmo assim, generosa, esboça sorriso solidário. Viu? Levantou desdenhoso os ombros quando soube da morte do maltrapilho alcoólatra de rosto intumescido. Recosta cabeça no colo dela. Liga o rádio. Ouça: *My funny Valentine*. Bons presságios. Ela virá eu sei. Será seduzida pelo canto da sereia chetibeiquiano. *Ei, menino, aumenta o volume*. Não ouviu: está encantado com seu novo e lúdico e sonoro brinquedo.

[111]

Vivitur parvo bene — Vive-se bem com pouco. Sim: muda de estação a todo instante. Possivelmente procura noticiário: é fascinado pelas notícias do mundo. São as surpreendências da vida. Pronto: localizou. Cena quase chapliniana: ela e ele e o rádio dele em sintonia mútua. Veja: cidade apressurada aponta suas garras metropolitanas. Aumenta a passos largos som ensurdecedor de suas sirenes e buzinas e sinos e propalações mercantis dos camelôs e motores de carros e motos e vozearia incessante. Gosto disso: minha solidão raramente atinge as profundezas abismais. Sou andarilho espectador privilegiado. Meu olhar periscópico contempla desde joaninhas sobre pétalas e folhas a trabalhadores malabaristas limpando vidraças nos últimos andares de arranha-céus. Vejo tudo-todos — menos ela amada aquela que levantou âncora. Assim que avistá-la, direi: *Oi, amada, sou eu, lembra? Alecrim.* Sei que se convencerá apenas quando vir os Ns gravados neste tatame, neste braço. Hipóteses. Talvez nem mesmo se aproxime deste corpo fedentinoso. Possivelmente não seja a mesma — dez anos depois. É bom que sejamos de temperamento camaleônico. É monótono, cansativo, ser a mesma pessoa vida toda. Possivelmente tenha abandonado inclusive a profissão. Possivelmente tenha se acomodado com a rotina segura de esposa de homem bem-sucedido. Hipóteses. Sei que não posso me fixar nessas delirantes suposições. Ela vai se aproximar, sim, deste corpo fedentinoso: é oncologista. Vai pegar em minhas mãos, dizendo: *Vamos, amado, vou curá-lo desse carci-*

noma cujo sobrenome é Abandono. Depois, tenho certeza, me ajudará a reaver meu cheiro primevo de alecrim. Eu sei. Sequitur ver Hiemem — A primavera segue o inverno. Veja: um dos maltrapilhos alcoólatras tenta tomar rádio do menino-borboleta. Sim: também ouvi estalejar da mão do influente infante sobre o rosto do pobre-diabo, que, cambaleante, rola no chão. Miseráveis — somos todos igualmente miseráveis. Mulher-molusco levanta-se manifestando desagravo. Não aprova, nunca aprovou explosões violentas do amigo adolescente. Tenta reerguer maltrapilho alcoólatra — não consegue: ambos caem no chão. Menino-borboleta furioso chuta as pernas do pobre-diabo. *Animal* — grita amiga, colérica. Influente infante atravessa a rua gesticulando-se incontrolável. *Odeio você também* — ela esbraveja olhando para garoto impulsivo. Sempre assim: há entre eles relação de afagos-ofensas simultâneos. Acabam se entendendo mais cedo mais tarde: não há rancores mútuos. Veja: voltou para sua caixa de papelão — espaço no qual incita suas lembranças possivelmente envoltas em trevas. Ali, naquela câmara escura, desenrola passado primum móbile de toda sua tristeza extrema. No vazio daquele cubículo ínfimo se esconde do presente desesperançado para sem alternativa defrontar-se com o pretérito tenebroso. Solução talvez seja a mesma que os deuses do repouso in aeternum encontraram para maltrapilho alcoólatra de rosto intumescido. Hipóteses. Sei que mulher-molusco faz parte do grupo despropositado de viventes que não deveria ter vindo: suas aparições no mundo são acontecimentos mal calculados pela natureza. Todos dignos do mesmo epitáfio: VIM VI PERDI. Veja: infeliz esbofeteado pelo menino-borboleta tenta levantar-se — não consegue. Maltrapilhos alcoólatras são vítimas de sucessão de embriaguez — uma em seguida da outra feito contas de rosário. Entendo: para sobreviventes desse naipe lucidez tem a mesma inutilidade de um caleidoscópio incolor. Entorpecimento etílico ininterrupto é desejo inconsciente ingênuo de imitar Deus — que faz algo melhor que existir, segundo Santo Anselmo. Beber para transcender. Ah, minha amada, sei sinto pressinto que vou perdendo aos poucos resistência física. É latente a fragilidade dos pulmões. Tatame testemunha intermitentes tosses madrugada quase toda. Temeroso demais viver tanto tempo exposto a céu aberto às mais variadas intempéries. Sei sinto pressinto que corpo e mente se degeneram simultâneos; que abandono e solidão e desabrigo são ímãs atraindo-me gradualmente para o abismo; que esperança vem perdendo também de forma gradativa seu poder de blindagem; que refrão ela virá eu sei sofre feito meu próprio ser desgaste imponderável das vicissitudes. Sei sinto pressinto que perco amiúde a capacidade de abstrair-me. Levantou-se. Sim: maltrapilho alcoólatra esbofeteado conseguiu ficar de pé — apesar de oscilar como um pêndulo. Dizem que sua opinião era respeitada por todos os intelectuais da época — independentemente de grupo ou partido. Não pretendia ser soberano de ninguém, menos ainda súdito. Sim: Erasmo de Rotterdam — o mesmo que afirmava ser muito fácil impormos nossa própria pessoa ao valor de nossa causa: quem não acharia sua causa justa? Veja: maltrapilho alcoólatra esbofeteado aproxima-se de seus pares avolumando monturo de desvalidos etílicos. Mesmo semimortos não interrompem rodízio da garrafinha bojuda de cachaça — lótus líquido dos Ulisses contemporâneos. Esquecer para sobreviver. Não quero não posso mergulhar no esquecimento amada aquela que levantou âncora. De outro modo já teria me entregado ao delirium tremens feito eles aqueles pobres-diabos amontoados uns sobre os outros. Meus deliramentos são possivelmente de outra natureza: perturbações inefáveis primum móbile da esperança in extremis. Esperança é argamassa que solidifica vivificação do meu próprio ser. Construo-me amiúde para escapar ileso do destrambelho in totum. Há dez anos crio heterônimos entre aspas — todos saudosos da mesma mulher cuja primeira letra do nome dela é N. Instauro múltiplas personalidades preservando-me da doidice absoluta. Recurso forjado para fragmentar a insânia. Esperança é minha resplandecência — convicção que clarifica meus passos. Ela virá eu sei. Possivelmente mergulha neste instante olhar indulgente na ferruginosidade excessiva do menino-borboleta — numa calçada qualquer desta metrópole apressurada. Possivelmente estendeu-lhe duas três moedas: é generosa, sempre foi. Preocupou-se jamais com proposições vociferantes contra esmoladores. Talvez esteja passando agora na porta do IML — lugar tenebroso no qual se encontra estendido sobre mármore corpo do maltrapilho alcoólatra de rosto intumescido. Hipóteses. Sei que ela virá. Ouviu? Entendo: apenas quando nossa esperança ultrapassa as colunas de Hércules somos capazes de ver-ouvir arautos de todos os quadrantes do mundo anunciando chegada de gaivota que dez anos atrás bateu sua linda plumagem. Credo quia absurdum — Creio por ser absurdo. Veja: cada vez mais trêmulas. Preocupo-me. Prenúncio parkinsoniano talvez. Sim: melhor afastar hipótese devastadora. Sei que tremuras são cada vez mais frequentes; objetos escorregam inesperados de minhas mãos. Tenho medo: a própria solidão é uma doença. Não quero não posso pensar. Sei sinto pressinto que outra anomalia aproxima-se apressada. Ah, minha amada, você sabe sempre soube que sou o homem mais medroso de todos os tempos. Possivelmente meu medo seja maior que tristeza dela mulher-molusco. Em acentuado relevo pavor de doença incurável qualquer; pavor da morte. Corpo-Aleph: quem sabe todo o medo do mundo esteja aqui — sem diminuição de tamanho. Venha, amada imortal: não posso morrer longe dos seus braços. Mais devastador que viver na solidão é esvair-se nela. Veja: outro cachorro aproxima-se do monturo de maltrapilhos alcoólatras; deita-se parelho ao esbofeteado. Vira-latas — somos todos igualmente vira-latas: condenados a caminhar a trouxe-mouxe pelas ruas desta metrópole apressurada. Estou cansado. Pedaço de tatame fica cada vez mais pesado com o passar do tempo. Às vezes penso em abandoná-lo. Às vezes penso que

[116]

seria melhor não dormir-acordar com os olhos fixados na primeira letra do nome dela. Às vezes penso que sensato seria poder mergulhar este corpo fedentinoso nas águas do rio Letes. Estou cansado. São dez anos tentando encher de esperança tonéis das danaides. Às vezes penso que minhas perspectivas vão ficando ferruginosas feito menino-borboleta. Desconheço real poder inoxidável do refrão ela virá eu sei. Possivelmente esteja trilhando mesmas veredas do corpo-ferrugem dele influente infante. Hipóteses. Não tivesse tanto medo moldaria exatamente igual Sêneca minha própria morte na morte de Sócrates. Não devo não posso aguçar as setas do destrambelho in totum. Não posso não devo arrefecer convicções promissoras. Venha, amada imortal: precisamos reaver aquele corpo que cheirava a alecrim. Lembra? Seus lábios macios percorriam vagarosos os quatro pontos cardeais dele — agora carente da vivificação do êxtase. Corpo exposto ao relento; predestinado à tremura lenta-gradual. Medo substancia vulnerabilidade da vida; instiga desesperança absoluta. Estou cansado. Dias também se arrastam numa lenteza angustiante. Venha, amada imortal: preciso do revigoramento do seu afago. Veja: mulher-molusco levantou-se. Vai à igreja ali na outra praça. Faz isso todos os dias nesta mesma hora. Sozinha. Menino-borboleta disse que pobre-diaba senta-se na última fileira olhando longo tempo nave coberta de anjos multicoloridos. Possivelmente chama à memória passado contrário ao afresco. Sim: diabólico; passado diabólico. Dizem que padre tentou certa vez retirá-la por causa da fedentina. Desistiu ato contínuo ao ouvir voz rouca, incisiva: *Odeio você também*. Pároco talvez pense que mulher-molusco esteja com o diabo no corpo. Sabemos que ela tem na verdade muita tristeza na alma. Talvez não acredite mais em Deus. Frequenta templo possivelmente porque sua acústica reverbera com mais clareza seus infortúnios pretéritos; ou porque pinturas angelicais aquietam seus demônios interiores. Hipóteses. Dizem que força serena do pensamento dele abriu caminho, e construiu clima de segurança indispensável ao ímpeto revolucionário de Lutero. Sim: Erasmo de Rotterdam — o mesmo que se convencia de que educação cuidadosa corrige natureza imperfeita. Analista mais perspicaz disse que de um só golpe o punho de aço de Martim Lutero reduzia a pó o que a mão fina de Erasmo, afeita somente à pena, se empenhara em construir com tanta cautela e delicadeza. Veja: antes de atravessar a rua mulher-molusco entregou pedaço de pão para maltrapilho alcoólatra esbofeteado. Disse-repito: Nemo sibi nascitur — Ninguém nasce só para si. Que os anjos aqueles pictóricos acalmem sua alma angustiada in extremis. Também preciso que amada imortal volte para aquietar meu espírito — dez anos mergulhado numa inquietude absoluta. Veja: cortejo fúnebre. Também ele traz à lembrança amada que (viajando) não chegou a tempo para acompanhar sepultamento da mãe. Meses seguidos implorou em vão aparecimento sobrenatural da extinta. São as surpreendências da vida — mesmo tratando-se da morte. Não fui de propósito ao velório dos meus pais: medo. Tenho medo de quase tudo — inclusive de me aproximar de defuntos. Desconheço como superei pavor de dormir sozinho na rua — fico desassossegado diante dos vivos também. Sim: arriscado viver em qualquer circunstância. Vida é acontecimento jocoso: nunca viveremos o suficiente para ouvir final do último chiste. Somos retirados do teatro antes de terminar o último ato. Existir é em si mesmo galhofaria de mau gosto. Veja: mulher-molusco caminha lenta em direção à igreja. Chegando, talvez improvise orações. Às vezes faço isso sozinho de madrugada sobre o tatame — mesmo não acreditando em nada. Desespero in totum nos leva a agarrar-nos às mais frágeis folhas encastoadas à beira do abismo. Oração-gota que restou no cantil. Miseráveis — somos todos igualmente miseráveis. Qualquer dia entro pela primeira vez na mesma igreja implorando para anjos pictóricos entoarem uníssonos canto-refrão ela virá eu sei; ou pedindo para sineiro improvisar acordes de *My funny Valentine*. Hipóteses. Sei que maltrapilho fedentinoso feito eu provoca repulsa imediata; somos desacreditados a priori. Pensarão que sou destrambelhado absoluto; que sem originalidade recriei Dulcineia. Ferrugem fedentinosa encobre tudo, inclusive a verdade. Devo contentar-me com ideia de espalhar primeira letra do nome dela nos espaços vazios dos muros postes coisas parecidas desta metrópole apressurada. Já desenhei duzentos Ns num só dia. Agora estou cansado. Oito dez se tanto. Às vezes nenhum, a exemplo desta manhã de narrativa epopeica —

cujas palavras surgem a flux igual filete de areia em ampulheta. É possível que hoje mesmo converse com anjos pictóricos da mulher-molusco: já não suporto sozinho peso da espera. Dez anos estiolado aos poucos pela expectativa. Fraco — estou fraco. Talvez precise do olhar retemperante deles anjos arcanjos querubins aquarelados. Possivelmente vão reaquecer minha esperança cada vez mais oscilatória. Esperança pedra de Sísifo. Preciso contemplá-los imitando mulher-molusco. Irei às seis horas da tarde. Sim: ângelus. Possivelmente nesse momento tais seres espirituais estejam mais receptivos aos peditórios de pouca monta — súplicas idílicas por exemplo. Ficarei talvez alguns minutos. Ou nem consiga entrar. Direi jamais ao pároco que o odeio. Meu olhar dirá que não acredito nele não acredito na existência do Deus dele. Possivelmente vai argumentar consigo mesmo que tais pensamentos são fedentinosos feito meu próprio corpo. Hipóteses. Sei que irei às seis. Fraco — estou fraco. Debilidade suscita desesperança. Refrão ela virá eu sei é tônico restante no fundo do frasco. Sei sinto pressinto que mulher-molusco já está de joelhos sussurrando súplicas aos anjos pictóricos. Cada um cria à sua maneira seu próprio estribilho. O dela talvez seja *eles virão eu sei*. Possivelmente carregue no peito desespero materno à semelhança de Medeia. Hipóteses. Talvez pobre-diaba acredite na existência de Deus dos santos dos anjos. Possivelmente por este mesmo motivo esteja agora na casa deles para lhes dizer alto e bom som: *Odeio vocês também*. Hipóteses. Sei que mulher-molusco é possivelmente a mais triste das figuras desde sempre aparecidas na Terra. Sim: tristeza que trinca a alma assim que atravessa as colunas de Hércules. Apenas a morte aquietará sua melancolia in extremis — a loucura também talvez. Venha, amada imortal, para segurar vez em quando minhas mãos — cuja tremura-trailer anuncia filme de desfecho devastador. Medo — tenho medo. Talvez seja melhor que o destrambelho in totum chegue antes do desastre parkinsoniano; antes da certeza de não reaver jamais amor perdido; antes da chegada da morte: loucura absoluta talvez funcione igual binóculo às avessas — deixa aparentemente distante o que está perto demais. Hipóteses. Sei que tenho medo; que estou fraco. Veja: trêmulas — mãos vivem trêmulas. Não é por obra do acaso que pressiono este livro de adágios contra o peito à semelhança dos pregadores quando afagam suas bíblias fechadas: disfarça a tremura. Pequeno volume de sentenças morais é Eclesiastes antitremores. Vou abri-lo outra vez ao acaso: Homines non nascuntur sed funguntur — O homem não nasce homem, ele se faz. Dizem que um décimo do que ousava dizer do seu tempo bastava para levar à fogueira outros que não sabiam exprimir com igual sutileza. Sim: estou falando dele aquele que conhecia como poucos a eterna estupidez do mundo: Erasmo de Rotterdam. Veja: dois policiais cavalgando. Amada aquela que levantou âncora sempre considerava tal patrulhamento urbano deslocado no tempo, insólito — principalmente quando equinos verdejam inesperados o asfalto com substâncias que fertilizam a terra. Gosto de vê-los passando. Também me sinto deslocado no tempo: quisera ter vindo três quatro cinco séculos atrás. Quisera ter sido Étienne de La Boétie para ser amigo de Montaigne; ou Diderot para ser amigo de Rousseau; ou Thomas More para ser amigo de Erasmo. Amizade é choro partilhado. Nunca tive amigo; amada, sim, tenho — imortal. Talvez esteja agora invisível na garupa de um daqueles cavalos; talvez esteja dentro da sirene desta ambulância passando sobre o viaduto. Possivelmente liliputiou-se de repente para entrar debaixo da asa de um dos pintassilgos camuflados numa das árvores espalhadas por esta metrópole apressurada. Hipóteses. Sei que virá. Metamorfoseada — ou em estado natural. Talvez esteja mais bonita do que nunca. Possivelmente seus olhos agora se alternem entre o verde-esmeralda e o azul-turquesa e o topázio-ouro. Rosto talvez continue arredondado e corado e macio feito pêssego maduro pronto para colher. Risada possivelmente não mudou: continua gostosa lembrando certas músicas a lufa-lufa de Johnny Mercer. Hipóteses. Veja: um dos maltrapilhos alcoólatras aproxima-se da caixa de papelão da mulher-molusco. Na tentativa de visualizar o que há lá dentro, cambaleia e cai, deformando-a. Acomoda-se deitado sobre o papelão. Ela não vai gostar. Menino-borboleta chegasse agora expulsaria infeliz a pontapés. Talvez esteja longe — no mesmo circo onde esteve ontem assistindo furtivo aos ensaios dos trapezistas. Gostaria de ser um deles. Disse-me certa vez que teria coragem para executar salto triplo sem rede; que sonhou várias vezes com rufar de tarol anunciando sua entrada triunfal no picadeiro. Partner do próprio pai que sempre solta das mãos do filho que sempre acorda atordoado corpo umedecido de suor. São as surpreendências da vida — mesmo quando nossas atividades sensoriais são afrouxadas suprimindo a vigilância. Dia desses circense qualquer poderá talvez adotá-lo. Horas intermináveis, debaixo de ducha, lançando mão de muitas buchas, corpo recuperaria cheiro primevo de gente. Hipóteses. Há grande possibilidade de as drogas levá-lo primeiro. Vive-se pouco morando na rua: morte tem especial apreço pelas crianças abandonadas dormindo ao relento. Adultos modo geral explodem feito maltrapilho alcoólatra de rosto intumescido. Miseráveis — somos todos igualmente miseráveis. Levo vantagem: ela virá eu sei. Talvez demore mais dez anos. Ou talvez esteja ali comprando frutas na feira da rua de cima. Tamarindos — sabe que gosto de tamarindos. Ou possivelmente esteja na farmácia mais próxima comprando expectorante para aliviar minha tosse intermitente. Sei que virá. Anjos pictóricos talvez digam dia-hora exatos. Pároco quiser por acaso impedir minha entrada perguntarei alto e bom som das escadarias: *Quando?* Maldosos possivelmente responderão: *Nunca.* Farei ouvidos moucos: não posso deixar que o destrambelho in totum aproveite-se da ocasião. Pensando melhor, preciso de nada-ninguém — menos ainda de anjos aquarelados para substanciar minha esperança: ela virá eu sei. Pode ser também que a loucura absoluta num galope mais célere cruze primeiro o disco final. Impossível saber. Veja: agora são dois os maltrapilhos alcoólatras sobre papelão — antes abrigo da mulher-molusco. Influente infante esfaqueou outro pobre-diabo por muito menos. Logologo inicio andança diária pelas ruas desta metrópole apressurada. Não gosto nunca gostei de violência. Meninoborboleta gosta: beligerância congênita. Mulher-molusco ao ver de longe sua casa destruída possivelmente improvise outra noutra praça. Sabe da vulnerabilidade dos bens entre aspas de quem mora na rua. Melancolia quando ultrapassa as colunas de Hércules nos deixa mais resignantes por força das circunstâncias. Hipóteses. Não pretendo estar aqui para ver reação dela muito menos dele menino-borboleta. Estou cansado; mãos amanheceram ainda mais trêmulas. Preciso abandonar este tatame. Sei que sentirei falta de dormiracordar ao lado da primeira letra do nome da amada imortal; sei que a vida é alfabeto cujas vogais-consoantes vão abandonando-nos pelo caminho; sei que tenho medo. Amanheci mais frágil; tristeza mostrando-se em acentuado relevo. Sei sinto pressinto que esperança poderá descambar-se de repente para o ascensorismo amiúde. Fragilidade física arrefece otimismo. Ouviu? Vozes dela aquela que levantou âncora. Frases entrelaçadas dizendo tantas coisas ao mesmo tempo. Parece que estou num estádio lotado de pessoas, todas com mesma voz da amada imortal numa alternância ininterrupta de frases desconexas. Pronto: parou. Destrambelho in totum possivelmente enviando seus primeiros sinais. Tenho medo. Preciso esquecê-la talvez. Pudesse iria agora pra ilha de Circe. Sim: provar fruto dos lotófagos. Ulisses maltrapilho provocando o esquecimento de sua Penélope oncologista — que possivelmente resistiu jeito nenhum às tentações do primeiro pretendente. Ouviu? Centenas de maritacas repetindo uníssonas *ela não virá nós sabemos*. Vozes vêm-vão feito fogo-fátuo. Ouviu? Sim, entendo: destrambelho personalizado. Doidice absoluta mostrando-se in totum depois de década inteira de tocaia atrás da esperança in extremis — impedindo-me também de não cair no abismo da angústia perpétua. Dizem que preferiu a humanidade a uma facção; que, alheio aos campos de batalha, estranho aos exércitos, hostilizado por todos, morreu isolado e solitário; sozinho — mas independente e livre. *Lieve God* — foram suas últimas palavras. Sim: Erasmo de Rotterdam — que considerava o fanatismo a antítese da razão. Vendo o senhor assim silencioso tempo quase todo chamo à memória mais uma vez amada imortal: dizia que silêncio é sombra da palavra. Ouviu? Centenas talvez de ratos soltando ensurdecedores guinchos todos ao mesmo tempo. Por favor, grite qualquer coisa neles meus ouvidos para afastá-los de dentro de mim. Pronto: não foi preciso — silenciaram-se num átimo. Destrambelho in totum aproximando-se a passos largos. Doidice absoluta sobrepondo-se ao sonho de reaver amor perdido. Estou cansado; trêmulo. Desesperança possivelmente criando corpo diante de tais acentuadas vulnerabilidades. Sei sinto pressinto que está cada vez mais difícil viver dentro deste elmo invisível que nos protege das lanças intermitentes dos maus presságios. Talvez devesse me embriagar todos os dias feito eles maltrapilhos alcoólatras. Caminho intermediário entre a crueza da realidade e o desatino da loucura. Talvez seja mais sensato embrenhar-me pelas veredas do delirium tremens; pelas trilhas dos intumescimentos das implosões irreversíveis. Dimidium facti qui cepit habet — Quem começou tem metade da obra executada. Há dez anos enveneno-me aos poucos com o ácido cianídrico da espreita inútil. Veja minhas mãos quando deixo livro de adágios sobre o tatame. Sim: trêmulas in extremis. Prenúncio parkinsoniano surgiu seis meses atrás. Amada imortal estivesse aqui diria: *Insólito; você é insólito.* Depois choraríamos. Acho que ela não chegará a tempo: ratos voltaram; agora são duas centenas talvez. Guinchos uníssonos ferem feito sabre meus tímpanos. Sensação de tê-los todos juntos dentro do cérebro é terrificante. Pronto: emudeceram-se — por enquanto. Eles voltarão eu sei. Ratos arautos anunciando nas entrelinhas que loucura absoluta já está possivelmente a duas quadras de distância — aproximando-se a galope. Hipóteses. Sei sinto pressinto que amada aquela que levantou âncora não me ajudará a reaver com lucidez meu cheiro primevo de alecrim. Chegará talvez pouco depois do destrambelho in totum. Inútil: não estarei mais em mim. Fedentina inclusive estará noutro corpo aquele que a esperou década inteira. Hipóteses. Voltaram. Agora, pela timidez dos guinchos, são apenas dois ou três ou quatro se tanto — vieram buscar o resto de minha memória que deixaram cair pelo caminho.

Este livro foi composto na tipologia Minion Pro,
em corpo 11,5/16,5, e impresso em papel off-white 90g/m^2
no Sistema Cameron da Divisão Gráfica
da Distribuidora Record.